THE MAN WHO MISSED THE MARK OF DESTINY

那多 著

上海文艺出版社
Shanghai Literature & Art Publishing House

目录

一	闯空门的作家	1
二	涉密了	29
三	小望，叶望，小望	53
四	你会感谢我	81
五	拥有黑洞的人	105
六	死前的选择	129
七	烧毁之物	151
八	回魂洞迷雾	171
九	隐修地探秘	195

尾声 213

一 闯空门的作家

世道早已经变了。

以往我会在开头先放一篇新闻，以示接下来所写一切，都有现实的缘起。比如说某年某月某日，在《新民晚报》，或者《晨星报》《华西都市报》之类报纸上的某篇报道，看似平平无奇，背后可是有着让你惊到下巴落地的隐情。这次不了，以后大概也不。

报纸都没人看了，上面刊登什么不刊登什么，自然也就不再重要。至于网络媒体，乃至各种各样的自媒体，东边风西边雨，摇摆得让人头晕。不，其实也不晕了，大家都习惯了，看客绝不轻易站队，在两边快乐地来回横跳，坚定的立场这种东西，可是罕见得很了。这也难怪，因为信息瞬息万变，没什么是可靠的了。所谓新闻也早就不可靠起来，放一篇新闻以示接下来所述可靠之举，在如今的年代就会变得很可笑。

话说回来，为什么非得要你们相信我说的是真的？我已经不在乎了。爱信不信，纯粹就当个故事，当个离奇的小说来读吧，对于保护你们的心智，维持住你们的世界观来说，这或许是件好事。

都是假的，是我编造的——嗯，现在我会这样说。

稍微做个自我介绍吧。

我是个记者。世纪初刚入职时，这个行业还有一个"无冕之王"的雅号，说起从事哪行，听者多半会怀有几分敬意。如今因着各色各样的原因，敬意是早就没有了，工资还是原来那点，别不知足，报社没倒闭就算不错了。靠着有关部门的补贴和从前遗留的老底子，晨星报社依然勉强维持，这也未必是件好事，索性早早倒掉，大家各谋出路，没准另辟出番新天地来。这话我时常对别人说，别人反问我怎么待在老窝不动弹，我只笑笑，别人恍然说你还有个作家身份呢，写那些奇奇怪怪的书挣不少钱吧。其实我不靠这些活着，对于所谓活着的理解也与大多数人不同，但这话说给不了解那些经历的人来听，既没必要又失分寸。回想起来，这么多年间，居然有这么多怪异的事情撞到我头上来，常人几辈子碰不到一桩，而我挑拣出来写成的书就有十几本，这样的概率，让我不得不相信是命运使然。一种力量把我推入了某个轨道，让我得以见证这世界隐于水面下的那一层，不敢说那就是真相，至少是另一个角度吧。既然让我看见了，那么追查清楚，然后说出来，就是需要担负的责任了，我是这么理解的。

从前我写"那多手记"，或者告诉别人我的经历时，会用"最惊心动魄"或者"最匪夷所思"之类的形容词，后来逐渐不这么用了，因为每一件值得我记下来的事情，多半都有类似的属性，而且这样的词，对某一层级的经历来说，显得太轻飘飘和寡淡了。有一类事情是具有颠覆性的,当它们来到你的面前,被你真正认知到,足以让你彻底怀疑这个世界,或者怀疑起自己,简而言之,它将动摇你的立身之本!《过年》说的那件事是这样,《荒墟归人》说的那件事是这样,接下来我要说的这件事也是这样。

严格来说,事件的藤蔓已经缠绕了我十几年,而我一无所察,直到一场签售会。

当时我在做新书《荒墟归人》的苏浙皖湘鄂五省签售,沿高铁线路行进,不光到省会,沿途的重要城市也都会去,大大小小十几站,是一场将近三周的漫长行程。我此前从来没有过这么密集的新书宣传活动,但是出版社方极力劝说,说我已经好些年没有出版"那多手记",有太多读者想见我。我当然懂潜台词——读者都不知换了多少波了,作家再不好好营业,书要怎么才能卖得出去?我想纸书是夕阳产业了,是得配合一下才行,而且最近又没什么紧要事,就向报社请了个长假。现在假比前些年好请多了,钱给得少,自由就得给够,很公平,再说即便出了什么社会事件,也不要求第一时间赶去现场了,时常都不容许记者第一时间去现场。进安徽时我就开始后悔,等到了武汉,几有精疲力竭之感,然而后面还有围绕着长沙的一整个城市群等着我。舟车劳顿还在其次,主要是每到一处要做演讲,要答读者问,要答记者问,然而所有演讲乃至问答,都是雷同的内容。这种重复让我厌倦至极,有两次我甚至为了打破烦人的重复,透露了一些没有写进小说的不该外泄的信息,这固然让我精神一振,也立刻警醒不要自找麻烦,光我写进小说里的东西已经够大胆了。

武汉的活动在一家网红书店举行,分上下半场。上半场照例是题为"废墟的价值"的新小说讲座及问答,我灌下两杯浓咖啡,压着性子打起精神讲足一小时,效果不错,提问时读者起劲得很,问了一些"你写的有多少是真的""你是怎么想出这些东西的""某某某在下本书里会出现吗"之类的老问题,我熟练地应付过去。下半场转去更开放的空间做签售,那儿已经排起了不长不短的队伍,打头等着的是一个我的老读者。

他眉角天生向下耷拉,哪怕笑起来也犯苦相,十多年前初见时更明显,现在年纪大了,眉宇间皱纹多起来,反倒好一些。

"那老师,还记得我名字吧?"他拉下口罩说。

"当然。"我笑笑,在扉页上写 To 小望。

"要寄语吗?"

"不用了。"

写寄语通常是我给老读者的福利,我有些意外他的回答。在签名字和日期的时候,他俯下身子飞快地对我说:"不知道一会儿结束之后您有没有时间。"

我愣了一下,没有立刻回答他,后面的读者挤上来,维持现场的工作人员示意他往边上让。我瞟见他先是等在一边,后来就不见了。我心里有点惦记这事,因为通常我都是在上海的活动上见到他,印象里他是上海人,或者至少是常住上海的。

总共签了一百多本,算是不错的了。和一些读者合过影,我才有了余暇四下打量,果然小望并没有离开,此刻从门边的书架后闪出来,向我快步走来。

"你是为我新书来的吗?"我半开玩笑地问了一声,可进可退,见他听了这句话脸上不露笑容,却盯了我一眼,就知道自己居然猜对了。

作为多年老读者,既然来了,哪怕是为了给我这个作者面子,也会尽量全须全尾地把活动参加完整。可是上半场的讲座他不在,参与者总共不到五十人,我很确定自己没有漏看。他排在签售读者队列的第一位,可以肯定他到的时候讲座还没有结束,怎么不来听讲座的后半段呢,照理对这种拥有我多本签名书的读者来说,讲座的吸引力会比单纯的签书更大才对。除非他根本不是冲着新书来的,他只是想要见到我,和我有一个与书无关的说话机会。联想到他本不应该出现在武汉……

"你是刚到武汉吗?"

"那老师真是厉害了。"小望露出苦苦的笑容。

虽然猜对了,我反倒吓了一跳。这就是说,我这位多年的老读者,因着某件事情需要立刻见到我,所以循着我公开在微博上的行程赶来了武汉,至于签售会,只是适逢其会而已。

"您接下来还要去长沙和岳阳吗?"

"还有张家界。"我也苦笑起来。

"能不能请您和我走一次南昌呢,从武汉到南昌就两小时,南昌去长沙就一个多小时。有一件事情需要您去看一眼。"

显然这是一个非常冒失的请求,甚至有些无礼。但提出这个请求的是我多年的老读者,而且他也是四十多岁的人了,社会上浸淫那么多年,基本的道理不可能不懂,现在匆忙远道赶来,开了这么个口,我就不好断然拒绝,反倒好奇起来。

"很紧急吗?"

"倒也不能说紧急,只是现在这个时间窗口去看的话,比较合适。"

"具体什么事情呢?对你很重要吗?"

"非常重要。"小望把这四个字说得斩钉截铁。顿了顿,他又说,"具体的情况,要说的话比较复杂,得您亲眼去看比较清楚。"

这就让人为难了,我沉吟着,琢磨要怎么礼貌拒绝,他又补了一句话。

"那老师,我知道你写的那些,不全都是真的。"

这不是废话吗,正常读者不都应该觉得那全是假的没有一点儿真的吗,不全是真的这种说法也太客气了。

我笑一笑,刚要接话,却看见小望望着我的眼神认真而严肃,转念却想到了另一重可能。

这可是看了我书十几年的人,大大小小几个读者群都是加过的,虽然常年潜水,但会连这种基本的认知都没有吗?现在突然冒出来这么句话,会不会真的就是字面上的意思呢?

就是那个除了我自己,没有哪个读者真敢相信的可能——凡我所写,都有现实之母本,即便有所删改,也是迫于某种压力不得已而为之。

我确信在眼神的凝望中接收到了某种信息,没错了,他就是这个意思。

不全是真的,但基本是真的。

如此,我就要认真考虑他南昌之行的请求了。因为在南昌,也将有一件值得被我写成手记的事件等着我,事件的离奇程度,应该至少可以到我小说离奇程度的中位值吧。很符合逻辑的推测,不是吗?他不愿事先告诉我详情也就情有可原了,过往经验中,一些当事人因为事件过于离奇而不敢开口甚至羞于开口的案例有很多。转念一想,又觉得小望不该这样,如果他真的相信那些手记所载确有其事的话。琢磨到这里,好奇心又进一步被逗弄起来。

"我需要在南昌待多久?或者说,看多久?"

"说不准,按照我的经验两三天吧,也可能立刻见分晓。但不论如何,您随时可以选择离开。"

我注意到他用了"经验"这两个字。这意味着小望对那件事情的介入要比我想象的深。

"但是你让我去看,是因为有超出了你经验的事情发生吧?"我试探着问。

小望不回答,又用那种苦苦的笑来作回应。这种笑容让人觉得他另有苦衷,而非故弄玄虚。

"这一路我时间排得都很满。"我对他说,"但我会想办法抽时间。"

"那我先去南昌做准备,您应该是高铁来吧,提前告诉我班次,我到车站接您。"

小望得了我的承诺,转头就走,毫不拖泥带水。我看着他的背影转出门外消失不见,心里又生出些后悔,这人如此干练做派,找上我的事情,恐怕是个麻烦。此念一生,不禁失笑,还是年纪上去了,年轻的时候,我何曾怕过什么麻烦?

原本我的行程,是晚上参加书店的饭局,明天中午的火车到长沙,晚上接风宴,后天下午长沙签售。我打算取消明天长沙行程,换成去南昌瞧一眼小望在弄什么玄虚,不管什么结果,得在后天活动前赶到长沙。接风宴可以推,但今晚这顿饭逃不掉,武汉书店的活动准备得妥当,人又热情,不吃这顿饭说不过去。

下午到晚上的空闲时间我被安排回酒店小歇。我躺在床上刷长沙到南昌的高铁票信息,看看要买哪班,最后给书店的对接人发了个微信。

不知道是否方便把晚饭提前到五点,我忽然有个急事要赶八点五十的火车。

晚饭吃得很快,所以我把火车票又往前改了一班。

上了高铁,我把车次信息发给小望,闭起眼睛,与小望这些年的交集星星点点浮起来。我试图在其中寻找出一条脉络。

回想起来,与小望的相识过程是很不寻常的。

当时我刚出了两本手记,没办过读者见面会签售会之类的活动,自觉是个初出茅庐的透明小记者。社会调查记者是要去寻找真相的,既要有一双善于发现的眼睛,常常也需要把自己藏好,那时中国还没有干私家侦探的,调查记者就是最接近侦探的职业了。我正处于一个快速的职业素养成长期,加上有了几次匪夷所思的经历,对周遭事物相当敏感,有几天忽然觉得身前身后不对劲,怀疑有眼睛在盯着自己。具体细节也不多说了,总之小望被我抓到过好几次,有在我家附近的,有在报社楼下的,还有蹑着我去采访的。那时候他和我一样是个毛头小伙子,但生了那副面相,加之人比较高瘦又习惯弯腰弓背,看上去衰衰的,直说了吧,挺猥琐。我确认他在盯我之后,直接上去问,结果他拔腿就跑,跑完过不多久又出现,我拍了照片,交给相熟的警官处理。随后我卷入到幽灵旗的事件中,把他忘到脑后,再想起来时打了个电话问警官朋友,他说其实是个看了我小说,对我很好奇的读者,被教育后保证不会再来打搅我的生活,我顿感内疚。后来我把幽灵旗的事情写成手记出版,销量极佳,出版社第一次给我办了签售会,于是我又一次见到了小望,他买了书找我签名。出于自责,我请他吃了顿晚饭,算是冰释前嫌。后来他就是我签售会上的常客了,每次出新书,他都会找机会和我聊上几句。不过说实话,以他后来的表现来看,他并不是一个狂热的粉丝,读者群里也不活跃,不知为什么在最开始竟有持续跟踪我之举。他几乎是最老的读者了,虽然还是习惯叫他小望,但其实人已从青年到了中年,喜爱之情如此绵长,或许正是因为最初对我燃起过熊熊好奇之火吧。

我是被人推醒的,睁开眼就见一张挂着山根的老脸俯视我,口罩悬在一只耳朵上荡来荡去,让我从他位子上起来。我一边说不可能一边从兜里找车票,猛然反应过来到站了,跳起来赶在最后一刻冲下火车。

走出高铁站的时候我早已经把狼狈的模样收拾好,恢复沉稳的记者(作家)形象,看见小望时微微点头招呼。

"我们的目的地靠近哪里,我现在订个酒店。"

小望要帮我提行李,我摆手表示不用,他引我去停车场。

"酒店您不用订。"他说。

"酒店钱我自己付。"我用不容置疑的口气说。

小望瞧了我一眼:"不是,那老师。我是觉得今天倒不一定要订酒店。"

不订酒店难道睡路边吗?我当然没有把这句槽吐出口,只是点点头,说了句:"那行,反正跟你走呗。"

我猜测着，大概是他有什么安排，今晚可能就不用睡觉了。

小望让我在停车场的道口等他，不多时开了辆银灰色的别克商务车过来，自动车门缓缓打开。我攀上车，小望把我的行李放进后备厢，合上时车身轻微震动，车门关闭。在這整个过程中，我觉着有一种异样，仿佛哪里不协调，但因过于轻微，无法从直觉转化为知觉。直到小望重新坐进驾驶位，车辆启动，我也没能想清楚，不禁生出微微的挫败感。

"你租的车吗？"我找话问。

小望侧着头笑了笑。这个回应介于肯定与否定之间，怎么理解都行，竟让我觉得他神秘了起来。他踩下油门，发动机的声浪比想象中大，还有轻微的推背感，印象里别克商务的动力很肉，改装过？哪家租车行会租这种改装过的车，不挣钱了？念头转到这里，我猛然悟到了不谐处。

我靠坐着的位子柔软舒适，用米色的真皮包裹，驾驶区中岛是木饰面，地上也铺了木板，目光所及之处都擦拭得非常干净，车内空气无任何异味。加上发动机明显加强过的动力，可以说，这辆车经过了从动力到内饰的全面改装，并且精心维护着。仅从车内维护状况，就几乎可以断定，这不可能是一辆从车行租来的车。然而，我对这辆车的第一印象却非常普通，车漆是此车型最大众的银色，有一段时间没有清洗，看上去灰扑扑的，车身上似乎也有几处划痕。从车内的清洁程度来说，没准今天刚刚做过保洁，但怎么可能有车子只做车内的清洁而省略了车外呢,反过来还差不多。偏偏这辆车就是,那必然是刻意为之了,目的,是让车子看起来普通而不显眼吧。

说起来和小望认识了十几年,但其实,我对他还真是完全不了解呢。

车子不知道在往什么方向开,我只匆匆来过南昌一次,道路一点都不熟悉。我等着小望开口,但迟迟等不到,他一声不吭地开着车,仿佛一个专职司机。平时群里说起来都偶像偶像的,把我忽悠来了南昌,去哪儿都不主动解释一二吗。我猛然警醒,居然到现在,还把他当一个普通读者看吗,即便只看我现在乘坐的这辆外陋内华的车,其支配者必然有不可小看的心机。

我调整心态,老老实实发问。

"我们这是去哪里?"

"去湾里。"

湾里是南昌的一个区,但我那时根本没听说过,所以完全不明白他在说什么。

"去湾里的站前,靠近梅岭。"他补充。

梅岭我知道,但我要问的显然不止是一个干巴巴的地名。

小望仿佛知道我心里在想什么,转过一个路口,便又开口安慰似的说:"很快就到了,一会儿您什么都不用做,只要看就行,就当是做个见证。"

我一股火蹿起来。敢情你巴巴地把我从签售行程上截下来，说是有非常重要的事情，这事儿就是让我做个见证？用人用得有点儿狠呀，我们关系没到这份上吧？当然，我也不至于智商有限到真信了这套说辞，可能年纪上去的缘故吧，脾气见长，耐心更直线下降，见不得这种故作玄虚的糊弄，能来这里已经算给足了老读者面子，还给我这么云里雾里的，我……我又能咋地？我还让他停车立马跳下去，我再坐火车回长沙呀，那不更傻×了吗？

当下只好摁着火，装作没事看车外黑嚓嚓的风景，一张臭脸怎么都收不起来，我觉得小望从后视镜里端详好几回了。什么都不用做，那太好了，只要看就行，可以啊，你这么把我叫来，就不信没有求到我的地方，总有拿捏你小子的时候。

此时车外光景已经比刚出高铁站时荒僻很多，似到了城乡接合部，或索性是乡镇了。车从公路上拐下来又开了十分钟，进了一片路灯密一些的街区，停在路边。小望跳下车，我面前的后厢门也自动打开了。

"晚上住这儿？"我明知不是，却还说了这么一句。

"不算住，大概得待一会儿。您不用带行李，也不用干什么，看着就行。"他最后又强调了一句。

我随他进了旁边的小区，看模样不是新造的，也不算太陈旧，应该是本世纪的。小区很安静，路灯少，借着月光看绿化不错，但许多像是菜地，不知是不是农村集体搬迁造的房子。我憋着一口气不向小望提问,想通过自己的观察对他的意图作出判断,所以对周围环境看得格外仔细。此时接近十一点,亮灯的人家只一小半,考虑到越往乡村走睡觉时间越早,所以这里的入住率应该挺高。小区道路很宽,沿路停着一辆辆私家车,其中不少是小面包车,还有许多空车位。走在我前面的这个人肯定对这里很熟悉,或者至少提前踩过点,他为什么不直接把车开进来呢?随即我在心里给出了一个答案:我们走进来时保安根本没问,但开车进来需要保安升闸,所以他不想引起保安的注意。这是做贼啊,我缩了缩肩膀。

小望拐进三号楼,楼下有铁门把守,他按了密码,门开了。没坐电梯,我跟着他从楼道上到二楼,没有灯,他用手机打着光,走到一户门前。这是 201 室,内外两道门,他伸手从兜里摸出一把柄端出奇厚大的钥匙插进锁孔,却没有立刻转动,而是等了几秒钟,我听见极轻细的嗡嗡声,然后"哒"的一响,他转动钥匙打开门,然后竟将同一把钥匙插进了内门锁孔。我才意识到那是一种极高明的开锁工具,应该是电动的,估计可以根据锁芯结构自动调整钥齿。

内门也随即打开,小望用手机在门口照了照,找到开关开了灯。他把鞋子脱在门边,想起什么似的,从兜里摸出副白手套戴上,然后在开关和门把手上抹抹,这是去掉指纹的意思吧。他对躲得远远的我说:"这手套就准备了一副,不过您看着就行,不上手,不用手套也没关系吧。"

说这话的时候,他的眼中闪过促狭的笑意。

他有这份取笑的闲心,看来吃准了屋子里并没有主人。我却着实笑不出来,说:"现在这么多摄像头,小区里总也有的吧,你戴手套有用吗?"

"那老师说得对。"

他居然真的又把手套脱下来揣回兜里。入口玄关是一条窄窄走廊,也许通往客厅。他往里走到一半,回头看看驻足不前的我,说:"那老师,如果说我那么老远把您骗过来,就为了让您看我怎么闯空门,可能吗?还是刚才那句话,您只用看着就好,做个见证。见证完了,有些话才方便说。"

我被将了一军。从前不是没有过逾矩之举,但那些时候我很清楚自己在做什么,是为了什么去承担风险,可现在我完全被蒙在鼓里,万一因此被逮进局子,可就太冤了,不知会让多少人笑掉大牙。但要我扭头就走也不现实,思前想后,只好把手机拿出来拍了段视频,表示我接下来进这个门不偷不抢,只为监督小望别违法乱纪。

这段自欺欺人的视频拍好,我走进屋子,撩起 T 恤裹住手带上门,弯腰脱了鞋。旁边有个古旧的白色木制鞋柜,开放式没有柜门,三层里只有最下层放了两双鞋,一双布鞋,一双旅游鞋。我算是不挑鞋的人,每一双穿废扔掉的鞋都比眼前的新不少,由此判断，屋主是独居的中老年男性，经济条件不佳。另有一双塑料拖鞋散在鞋柜边，地板鼓起，似是密度板材质。

小望没有停着等我，早在走道尽头消失不见。这房子房型很差劲，我先经过了右手边的厨房，又经过了右手边的洗衣房，尽头一左一右两间大房间，似是卧室与客厅。客厅的灯亮着，小望正在里面翻箱倒柜。

客厅陈设简单，进去方餐桌顶在西北角，一把餐椅，旁边一张对着电视的三人布艺沙发，中间隔着圆茶几，南面窗下摆了电脑桌，一台台式机，屏幕上盖了遮灰的布，电脑椅和餐椅一个样式。电视机柜包着电视覆了一大面墙，有橱有抽屉，小望站在柜子前面，一个个抽屉拉开看。他的动作可以称得上是肆无忌惮，我想哪怕真有一个闯空门的小偷，手脚也会比他稳重小心得多。

小望拉开左侧最后一个抽屉，手伸进去哗啦啦拨动几下，丝毫不考虑复原归位，砰地把抽屉关上，又把橱门打开。他知道我进了客厅，一边翻看橱里的东西，一边开口对我说："住在这儿的人叫郭昌明，一九六八年生人。他原本是山民，住在梅岭里，妈死得早，爸出去打工又讨了老婆，所以很小就开始一个人过。"

橱里有些玻璃、金属和木制的纪念品，还有茶杯，小望踮起脚看最上层，那儿有个小香炉和一捆线香。他把香炉拿下来，香灰就这么倒在地上，还用手扒拉了两下。他这是在找什么东西？完全都不管主人回来后会不会报警的吗？显然他的目标不在灰里，小望把香炉放回去，拍了拍手，拉开电视机下方的抽屉，接着和我说话。

"十几年前梅岭里大多数村子外迁，他是那个时候被安置到这儿的。整个小区都是类似情况，有过一个老婆，三十一岁时结的婚，没几年就离了，女儿跟了老婆。之后他一直独居，和前妻女儿也少往来，人际关系简单，目前在城里当保安。"

抽屉拉开看见一叠文书，小望整叠拿出来放在地上，扇面一样捋开。有电器说明书，有摁了手印的借据，还有份泥水工合同。小望把文书收起来，也不管沾了烟灰，直接扔回抽屉，又从旁边抽屉里取出本相册看。

一厚本相册里只放了小半照片，里面出现次数最多的人显然应该是郭昌明。说实话我没看得太清楚，反正长着一张颧骨凸出的长脸，小望手脚太快，几乎瞥一眼就翻到下一页。相簿最开始还有黑白照片，显然是家族长辈的过去影像，还有他老婆和女儿的照片，都是正常山村女性的样貌形象。我都怀疑有没有过去一分钟，他就把整本相册翻完，放回抽屉里。然后小望站起身，叉着腰打量房间里的其他陈设。

"你到底在找什么？"我忍不住问。

"某一类东西，找到之前我也不清楚它是什么。"小望回答。

我嗤之以鼻，毫不掩饰对他的不信任。如果他不知道要找的东西是什么，怎么可能搜索速度这么快？他当然知道自己要找的是什么东西!

小望开了手机手电,照过橱背和墙的夹缝,又趴在地上照过橱底,然后把沙发的靠垫和坐垫统统翻起来,拉开包布的拉链,伸手进去四下里摸了一遍,确认并没有东西藏在里面。最后,他坐到电脑前,掀开遮布,开机。

机箱响起低沉而不均衡的轰鸣声,屏幕点亮后轰鸣声变轻了些,又多出一种吱吱的声响。操作系统的标识过了很久才显现出来,居然是Windows XP,不禁让我猜测这台电脑是否从郭昌明搬进这套房子起就存在了。

"你确定郭昌明晚上不会回来?"

"逢单的日子他值夜班。"

小望这样回答着,却放下鼠标拿起手机,点开了个我没见过的App图标。屏幕上出现一张图表,多条曲线相互交织,其中的红色曲线在横轴右端与其他曲线分离,高高扬起。我不知道这代表什么意思,但我瞥见左下角有郭昌明的名字。还没等我细看,小望就关闭了页面,嘴里咕哝了一句:"其实也没那么确定。"

"你啥意思啊?"

小望没有回答我,原本已经很快的速度却又加快了一重,开始进行一系列让我眼花缭乱的操作。

这些操作,概括言之,就是调取历史操作记录,查看各软件使用频率,搜索有无隐藏软件和隐藏文件,搜索所有文档、图片和影音文件并查看，查看聊天记录，查看网页记录，查看购物记录，查看电邮，尝试登录不知是否存在的云盘账号等等，其中许多操作借助了U盘中的工具，我看不明白，但肯定属于黑客技术。

尽管小望动作不停，鼠标满屏飞，键盘打得噼啪响，可是搜索得如此细致，要查完整台电脑仍不知得花多久时间。恐怕电脑本就是小望最主要的目标，先查别的，是为了把最重要的留到最后吧。

小望耗在电脑上的时间已经有四五十分钟，距离我们闯空门已经过去一小时有余。说是郭昌明在上夜班，可小望对此也并不笃定，我感觉置身于一部谍战片中，情报员正拿着微缩照相机咔咔咔猛拍机密情报，随时——也许下一秒就会被敌人堵个正着。

我想问他到底在找啥，但想必会得到与刚才类似的答案，便忍住不问，可心里没着没落的，被一股子闷火慢慢炖着。

"不能把硬盘拆下来带回去看吗？"我终于忍不住迸出一句。

"来得及。"他沉稳地回答，细汗在鬓角反光。

我看着小望操作，他连系统自带的图片和视频都不放过，而那些片名写得明明白白的电影剧集——以悬疑罪案题材居多，他都会打开用进度条飞速拉一遍。这说明他要寻找的东西，对郭昌明来说也是见不得光的极大秘密，有可能会以改头换面的方式隐藏起来。

小望关闭电脑的时候我看了下时间，午夜十二点五十三分。

这台电脑花了他近两小时,却并无收获。我也在旁边看了两小时,多多少少建立起了一些郭昌明的形象。

这位五十四岁独居男性的电脑多用来看片,最喜欢的是悬疑题材,从国内的谍战剧到犯罪美剧都有,这点和大多数男性相似;硬盘存片的第二大类是香港电影,喜剧和黑帮片最多;第三大类就比较让我意外,居然是动画片,几乎有全套的迪士尼电影,看来不管多大年纪都有天真柔软的一面。另一个让我没想到的,是他的片库里没有色情片,独居男性的硬盘里多半会有这玩意儿。他的网络生活相对简单,似乎从不进行网络购物,较常打开的网页是百度,搜索记录表明近期比较在意皮肤皲裂和前列腺问题。自动推送来的新闻有时也会点开,社会猎奇类比较吸引他,常去影视资源类的百度贴吧,某养成类手游吧也会去,但从不与人互动。桌面上有PC版微信图标,小望没有点,估计是怕异地登录提醒。从电脑痕迹看,这个人毫无异常,硬要说的话,郭昌明就连点网页新闻都从不碰美女(以及帅哥)图集之类的东西,有点过于古板了。

当下年代,这屋里最能发现一个人秘密的当数私人电脑。当然手机永远排名第一,可现在不是拿不到吗,我倒看看小望还能折腾出啥。

因着小望神神秘秘的态度,我竟有些幸灾乐祸起来,不过他倒是很沉得住气,脸上并无半点气馁之色。这间房内已无可看之处,他走去了对屋。

对屋是郭昌明的卧室,一张五尺床,两个床头柜,一个衣橱,一个五斗橱,一个落地衣架。五斗橱上摆着他和老婆孩子的合照,衣架上挂了件灰色老头衫,阳台上晾了内衣裤。

小望又开始满屋翻找,抽屉一个个拉开,旁观的我对他能变出什么戏法已经不抱期望,困意涌起,打了个呵欠。

半小时之后,毫不意外地,又是一无所获。小望这时候也有点绷不住了,拉开阳台门要去外面,一扭身又回来钻进了床底。随即一阵滴滴滴的蜂鸣从床下传来,夜深人静吓了我一跳,想着这是整出警报了吗,转念又觉得不对,哪有警报安在床底下的呢?床架咚地一响,小望闷哼一声,我想他是撞到了头,警报声倒是不见了。他从床底下钻出来的时候捧着手机,我意识到那声音是手机发出来的。手机屏幕上打开着先前见过的图表,但又有点儿不同,那条红线正在发光,尾端折向更高,几乎呈九十度与水平线背离。

"见鬼了。"小望骂了一声。这是他今晚罕见的情绪。

"你这个是什么警报?"我问他。

他不答,去把叠好的薄被一把抖开,搓揉按捏,像是里面可能藏了情报。

"别是人要回来了吧?"我盯着问。

他像是被卡了脖子一样发出了半声叹息。我觉得说中了。

"还有多久？"

他不答，又去摸枕头。枕头有两个，一个泛黄一个泛白。泛黄的显见是郭昌明常睡的，另一个却也不新。他先摸黄的那只，手从底下掏进去，然后换另一只。

"嘿！"他低吼一声，兴奋满满。

找到了。

小望一把从枕套里扯出枕芯，拉开拉链，蛮横地伸手进去一阵乱搅，带出片片鹅毛。他把手缩回来，鹅毛从攒着的拳眼里钻出来，摊开手，掌心躺着一卷胶卷。还不够，他又伸手进去，先后掏出八卷胶卷，一个信封。

换个二〇〇〇年后出生的人，多半认不得这九卷是什么东西了。这是数码相机出现之前，用于胶卷相机的成像介质。一卷胶片能拍三十几张照片，拍摄完毕后须在暗室里冲洗出照片。底片可以重复冲洗但不能重复拍摄，所以小时候拍照片都非常小心，镜头左对右对，哪里像现在，技术再烂连拍一百张总能选出合用的。考虑到郭昌明的年纪，家里有胶卷底片很正常，但藏在这种地方显然就有问题了。

九卷胶片都是使用过的，是底片。小望取了一卷，对着灯光拉开细看，其他都扔在床上。我也去拿一卷，刚上手，小望的眼睛从底片上移开，喊了我一声"那老师"。

"不能看吗？"

"就……小心点儿看。"

我失笑。

"不会弄坏的。"我说。

我右手食指拇指固定住胶卷两端，左手捏起底片末梢，轻轻用力，胶卷在指腹转动，底片在眼前慢慢展开。其实胶卷材质坚韧，压根儿用不着这么小心。

底片的上沿和下沿各有一排镂空的长方格，两排格子中间夹着一张连一张的成像底片。底片是没有颜色的，只能通过黑白深浅变化来看大概的成像轮廓。现实中越是深色的，在底片上的成像颜色就越浅，所以一般来说底片上的人像都是白发和白色瞳孔，而皮肤则是黑色的。记得我小时候第一次看底片上的人像，还因为这种与日常经验全然相反的色差而感到恐惧。

第一张底片上没拍人。我没认出那是什么，反正没有人脸，没有山或者树，也没有桌椅房屋这些容易辨认的常见元素。我把手举得更高了一些，让白炽灯的光从底片后更充分地透过来，好把上面的轮廓看得更清楚些。

画面上是两根黑色的柱状物，画面底部分岔开得大些，越往上越收拢，画面上方居中有一团白色。我把胶卷拉长一点，看看下一张底片上是什么。第二张上也有一团更大的白色，形态和第一张相似，应该是更近距离的拍摄，所以白色下方的黑色轮廓呈现出更多细节。我忽然意识到这是什么东西，心里暗啐一口，快速拉开剩下的底片。果然,第三张底片上是一个完整的赤裸女人,前两张拍的是女性下体特写。还以为郭昌明这老东西多正经古板,合着在这里藏着色情照片呢。

心中有数之后我就不愿再细看,胶卷拉开的速度快了很多。无非就是不同角度的拍摄了,我想。然而拉到第五张底片的时候我突然停住,在画面边缘出现了疑似椅子脚的东西!椅子本身很寻常,但它和画面上女人的位置关系……我瞧了一眼女人长头发的形态,猛然意识到这个女人是躺在地上的!

不是床上,而是地上。加上这些胶片是如此小心地藏在枕头芯里,再回溯小望是那样不顾一切地搜索,我背上立刻起了一层鸡皮疙瘩。我瞧了一眼小望,他手上的底片已经扯出了长长一串,哪怕从背面看也能认出上面的女性人体,但等等,他那卷上面的女人是个短头发。

我明白过来,他让我小心点看是什么意思了。

"你早就知道这些,对吗?这个郭昌明,他杀了这些女人?"

如果九卷底片拍了九个不同的女人,那她们几乎不可能还活着。只有死人才能保守这么残酷的秘密。既然是用胶卷相机拍摄的,那郭昌明犯下这些罪行,距今怕是至少有十多年了。

"我不知道,我只知道他一定做过什么。"小望用低沉的嗓音回答我。他的声音透出些许悲哀,但却并不惊恐,显然这些胶卷上拍的东西并没有出乎他的意料。

迟疑片刻之后，我继续拉开底片。白炽灯的光没有把它们照亮，反让它们变得更深邃更幽黑了，一张张底片方格仿佛有吸力，光暗参差之间，我强烈地感受到那方空间的存在，没错，这间不知十几年还是二十几年前的屋子是真实存在过的啊，在这黑洞般的时空中，一个女人曾经被摆布成各种姿势。那时她还活着吗？我甚至不知该期待她彼时是活着还是死去了的好，但到了今天已经没有分别。我终于忍不住煎熬，一下子把胶卷拉到底，希望快点让自己从对情境的想象中解脱出来。我准备好看到一些分尸或者恶心的延时自拍的场景，幸好没有。不，我不该用"幸好"这个词，因为最后几张照片的主角已经不是同一个了。一卷胶卷，居然不止拍了一个人！

小望也看完了手里的底片，他拿起信封倒过来一抖，一张存储卡先掉出来，然后是十几张照片。那显然是郭昌明从这九卷底片中选择性冲印的，我瞥一眼最上面的那张，女孩皮肤的颜色表明她死去至少已有一天了。

我只觉得憋闷异常，喘不上来，开了阳台门去外面吸一口新鲜空气。扶着石栏杆的时候我撞见了几米外的一张脸，他就站在斜下方的小区花坛边，卧室稀薄的白光和着晦暗的月色打在他仰起的长脸上，一双眼睛死死盯住我。

是郭昌明。

我像只被猛禽盯住的麻雀，一时间什么动作都做不出来，什么声音都发不出来。其实这是个比我大了十几岁的老年男性,还真能有多少威胁吗?但他那股子阴冷的狠劲直扑过来,加上刚看过的那些底片,着实把我吓蒙住了。

也就是几秒钟,我发了一背的汗,扭身冲回房间,和小望说话的声音都是哑的。

"快走,他回来了,就在阳台下面看着我。"

小望也吓了一跳,我们手忙脚乱地收胶卷,我抓四卷他抓五卷,夺门而出。

跑到楼下发现四下空荡荡没有一个人,正常速度我们应该被他堵在楼道里才对。这才意识到,他逃了。

"相机呢?"我突然问小望。

"什么相机?"

"拍这些照片的相机,你在屋里找到过吗?"

"没有!"

我和他面面相觑,相机被郭昌明带在身上了吗?

他拿去拍新素材了!

二　涉密了

签售行程末段我总是走神,最夸张一次原定一小时的演讲我半小时就卡壳,只能提前进入提问环节。好几次给人的 To 签 To 成了自己的名字,书迷说错版更珍贵,我想那也得看错多少回。

　　照说那晚上的经历,和我之前碰过的事儿扔一起,不能算多么不可思议。但真实犯罪和超自然事件不一样,探究超自然事件的秘密多半是自找的,说难听点叫自己寻死,明知山有虎偏向虎山行,当然出了什么事情得自己担着,有这觉悟。那一卷卷底片固然威胁不到我的安危,可却代表了鲜活生命的夭折,尤其是本该存在但没找到的照相机,让我生出强烈的直觉——有人正在死。一个正常人看见自家进了陌生人,不该高呼抓贼并且报警吗,可是郭昌明不说一句话就溜了,他怕的是藏在枕头里多年的秘密曝光吗?不,走神的时候我会想起那双眼睛,里头分明有凶光,这样心性的人却选择了逃跑,这可不对头,他身上一定正背着个正在进行的秘密,他又开始作案了!

　　小望让我别管后面的事情,我说这怎么能不管,他说这得警察管。他说能猜到照片是在什么地方拍的,作案需要一个不受干扰的空间,郭昌明家的老宅在村子的边缘地带,哪怕是村子还住人的时候也算得上偏僻,但是怎么的,还真要现在飞车过去看吗?我说当然,警察不会跟着你的指挥棒走,就算报警,从接警到研判可信度到出警,那必然需要一段时间的,真有受害人的话可耽误不起。小望苦笑,说你还真是独狼惯了。说这话的时候我们已经出小区到了停车处,他坐进驾驶室,没有开门放我上车,透过车窗玻璃,我见他在打电话。几分钟后自动门缓缓打开,我坐上去,他告诉我说警方会立刻出动。我说人命关天你确定吗,他说人命关天我确定。

之后小望在高铁站附近的一家酒店给我开了房间,时间是凌晨三点多,然后他说得去把胶卷交给警方。五小时后,我乘高铁比原定时间更早到达长沙,赶上了晚上的接风宴,看起来什么都没耽误。去长沙的火车上,我给小望发微信,问他警方行动成果怎样,他显然与警方有着密切联系。他回复我说"已妥善解决,见面一并说"。这答复官方得很,没能让我心安。在分手前我们有过一段对话,我说你让我看的我看到了,然后呢?这里面还有很多问题。小望说接下来的事情可以等回到上海再聊,那个时候郭昌明的案子也应该落定了,所有的问题一并解答,并且会有极重要的事情拜托。

所以整个签售后期我都在等待着回上海后与小望的碰面,等待着他的解答。我想他是吃准了我的性格,也怪我实在没有文学天分,所谓小说主人公其实都是自己,性格优点弱点暴露无遗,作为多年书迷,他当然知道要怎么吊我胃口。

五天后,我终于结束了这一趟漫长的签售之旅,并决心余生再也不做同样的事情。最后一场活动在周六夜晚,我搭了周日一早的高铁回沪。晚上没睡踏实,火车上也罕见地睡不着,我想小望是知道我签售行程的,他是否会在今天和我约见面时间呢?如果到了晚上没有接到他的消息,我是不是要主动约他呢?

结果他失约了。

并不是说他死了。我们在经典推理小说中常常看见,关键人物有重要情报需要告诉主角,约定时间后在下一页死去。这种情况日常生活中并不常见,或者,怎么说呢,我忽然意识到你在看这段的时候也以为正读着一本小说。我不申辩,但不管怎么样,即便是小说也不允许在事情刚起头的时候就发生这种套路。

回到上海的当天,我等到晚上八点,给小望主动发了微信。他回答说:"我一回上海就约您。"我等了五天,又问他回上海了没有,他说刚回,忙过这两天就碰头,中间有一天他给我发过微信,但撤回了,我没来得及瞧见内容。三天后,我再次微信他,直接问他"今天有时间碰头吗?"他回:"那老师,下周我比较空,看到时候我们喝个下午茶。"说实话我盯着这条回复看了有一会儿,这才周一,他说下周,而且用的词是"看到时候"。也许作为文字工作者的我对用词比较敏感,我觉得他就是在推脱。但这事儿不是我找出来的啊,这事儿是你巴巴冲到我武汉签售会上搞出来的啊!现在整得皇帝不急急太监……啊呸。

其实这个时候我已经知道那天晚上后面的事情了,微博上有新闻曝出来,南昌警方抓住一个连环杀人犯,同时解救出一名被绑女子,又在案犯后院挖出了十二名被害女子尸骨。据悉这十二名女子都是在二十多年前被杀害的,案犯时隔多年再次作案,却因为群众线报而被抓获。

这是个很有热度的大新闻,许多家正规媒体在追,闻风而动的自媒体就更多了,角度各种各样。如果是十几年前的晨星报,多半我已经被派去深度采访这个新闻了,现在么……呵呵。所有报道中,没有一篇把所谓群众线报说明白的,这又不是举报吸毒,哪里来的群众线报呢,可警方刻意保护信源,再问就是不适合对外披露的具体侦破手段。我当然知道这个所谓手段是什么,越发觉得小望神秘起来。

有媒体访问郭昌明邻居,小区保安,他的同事,还有自媒体找到那间破败农舍想做直播,被警方挡了,只能绕着拍外观。想必这个变态杀手的过去会被一点点挖掘出来,目前还没人提到胶卷,可能因为上面的内容容易引起不适,警方暂时还没有对外说。

从小望出现在签售现场,到我与他在酒店暂别,中间只经历了差不多十二小时。这十二小时里发生的事情,事后每每想来,只觉得疑点重重。原本我觉得马上就会和小望重见,到时他自然会把一切都说个明白，在此之前多想无益，徒劳心神。可现在他的态度有了一百八十度的转变，竟然不愿再见我，那晚的疑点顿时又放大了一倍，在我脑海中盘旋不去。

最大的疑点当然是，小望是如何知道这一切的？

郭昌明当然是一个变态又残忍的人。虽然胶卷中没有见到（至少我看的那卷里没有），但他最终杀死受害人的手段有掐死也有钝器锤击，因为尸体早已经白骨化，不知道有没有用锐器行凶，但发现了几具被分尸的尸体。要知道一般谋杀案中分尸都是为了便于抛尸，可是郭昌明是把尸体埋在院子里的，根本没有分尸的必要，只可能是为了满足其变态的心理。我猜他有一个杀人手法的渐进过程，越到后来，就采用越残忍的手段。杀人有时候和吸毒一样。

从目前的报道来看，解救出的女孩是一名陪酒小姐。许多人——包括我也觉得，之前的受害人多半也有从事类似职业的。干这行都隐姓埋名的，工作场所变动快，没几个真正朋友，和家人也不常联系不说实话，属于最容易"失踪"，"失踪"了也最没有人管的群体。但哪怕这样，能连杀十几个人不露马脚，郭昌明无疑是个很小心的人。他一定很内向，没啥朋友，有朋友也不会喝醉酒说胡话，有一张"铁口"。他家里的情况也证明了这一点，从拖鞋到杯碟器皿的数量都可以看出通常没客人来，但哪怕如此，郭昌明还是把秘密藏在枕头芯子里，电脑里干干净净，什么都没有。

一个这么小心的人，小望是怎么知道他藏在枕头里的秘密的呢？

从小望的表现来看，他应该不知道这个秘密藏在哪里，但是他非常确定郭昌明是有秘密的人，而且确定这个秘密是极其负面的，负面到只要他把这个秘密找出来，郭昌明就没有那个工夫来追究他撬锁进门翻箱倒柜的事了。

所以是有谁给小望透了个消息，说郭昌明是犯罪分子吗？他要通过搜出具体证据来给他定罪入刑？这种假设问题太多，最大的问题是，小望看起来不是第一回干这种事了，难道三天两头有人给他报告隐藏在社会中的犯罪分子的消息吗？哪怕真有这么个人，问题还是一样——最初的消息源是哪里？

还有一种可能。我肯定有你事儿，但是我不知道是什么事儿。日常经验里能和这个对起来的，就只有算命了，拿八字一看，说你四十岁有一劫，可能三十八岁也可能四十二岁，什么劫不知道，劫从何来不知道。是不是很像？但是且慢，小望手机里那个软件是什么？我觉得它和郭昌明是有关联的，那些图表曲线，这和算命挨得上吗？科学算命吗？琢磨到这里，我忽然又意识到，现在算命的确也都科学了啊，AI星盘分析也不是稀罕事。

想起小望手机里的图表，当然会想到图表上高高扬起的红色曲线。那晚小望打开过图表页面两次，第二次红线向上的仰角更大，这说明图表是动态的。我怀疑这动态和郭昌明的动态有关联,因为小望第二次看过图表后明显紧张起来,然后郭昌明就出现在了楼下。按照这个思路,图表可能反映的是郭昌明的新近动态。郭昌明已经藏了二十多年,如果他继续藏下去,指不定什么时候能抓到他,但是他因为某种原因重新作案,新的犯罪行为露了某种痕迹,让他暴露在小望的图表中。所以,这图表是根据一些有可能代表犯罪的异常数据制作的吧,是不是还和什么大数据有关系呢?

这个方向似乎靠谱一些,虽然模糊简陋,有很多不确定因素,但关于小望为什么知道郭昌明的秘密,这多少算个回答。年纪大了思维远不如从前敏捷,深更半夜我喝了三壶浓茶,在客厅里转了不知几个圈,才摸到这么个思路,觉得总算可以去睡觉了。躺在床上却睡不着,还是有哪儿不对劲,忽然之间我睁大眼睛坐起来。见鬼,我这是捡了芝麻丢了西瓜,把最重要的事情扔了啊。

小望那天说得非常清楚,我只需要在旁边看着就行。这说明他要向我展示某种东西,然后达到某个效果。假设他要展示的是可以抓出潜在犯罪分子的能力,或者要展示的是这能力背后代表的技术,那么他要达到的效果是什么?不对,不是效果,我把小望对我说的话捋了一遍,他是要向我求助来着吧,至少在签售现场他刚出现那会儿,从急切的神情到他的用词,都让我觉得他遇见了一个无法解决的困难,急需我的帮助。结果我跑到南昌一看,他神通广大得很啊,需要我什么帮助呢?或者说,他已经这么神通广大了,结果依然遇见了无法解决的困难?那是个什么样的困难?完蛋,我想我是睡不着了。

　　大概是年纪大了,这点儿事挂在心里,连着几天没睡好。夜里睡不着,当然会影响白天的工作状态。我坐在新闻大厅里打瞌睡,不过倒也没有耽误事情。我的职位叫"采写督导",平时指导一下重大新闻的采写,特别重大的新闻出现时才亲自出马。现在连需要记者亲往的重大新闻都越来越少,特别重大的新闻嘛,基本只剩下建国建党周年庆这类的稿子。其实我不擅长四平八稳的稿子,抽丝剥茧的调查工作才是心头好,然而调查记者的时代已经过去了。

　　我请了这么一个长假,回来上班后以为会堆积许多工作,然而并没有。我感叹传统报业真是日薄西山了,是养老的好地方,前提是过些年它还存在。在略有些伤感的情绪里,我趴在桌上进入梦乡,梦中破解了一个非常关键的问题,以至于醒来后无视把我弄醒的蓝大总编辑,皱着眉头凝神苦思。

　　"咋了,你这是还有起床气了?"蓝总编瞪我。

　　我只好放弃对梦的回溯,对领导赔了个笑脸。

　　"你回来也快两个星期了,签售这么操劳吗,你现在这个精神头啊……"

　　我挺着老脸等他刺我几句,没想到他话锋一转。

　　"我说你别是想辞职了吧?这可不行啊,现在报社没老人了啊。"

我失笑,蓝头这话半真半假,这么些年过来,他也是会做人多了。

上海公安今年要树一些系统内的典型,都是立过功的警察。晨星报领了宣传任务,蓝总编还想往深里挖一挖,难得公安开放许多大案的细节信息,看看能否做一组有质量的稿子出来。报社目前跑政法口的记者刚入职一年,嫩得很,所以想让我带带他一起做这组稿子。他看我这个状态,话说了一半又犹豫起来,我却一口答应。

晨星报架子不倒,我领着工资就得干一份活。而且他这么一说我有点想起来了,是得往公安局去一次。

我和政法记者小武约了下午三点在市局门口碰头。他有些不理解,所有基础材料的电子文档都已经传过来了,从当中挑选后再直接约当事人采访就行了呗,为什么还要去市局?我说所有这些材料都是市局专人整理汇总的,在形成文本的过程中,市局相关负责人当然是要先和当事人接触的,我们直接和他聊一下,再看材料就有针对性得多。小武听得一脸佩服,我心里却想,这是屠龙技啊,快没用了。

具体的采访就不多说了,和我在这本书里讲的故事无关。我们聊到快五点,很有收获,基本确定了专题的几个大方向。我和小武在市局门口分手,他回报社,我却又走进了市局大门。

之前我一直在想，小望为什么会变卦。签售会上表现得如此需要我的帮助，回到上海之后却显然已经没有那样的需求了。所以他一定得到了某种帮助。以我掌握的有限资讯来分析，这个帮助或许与郭昌明的案件有关。那这个帮助是不是警方给他的呢？或者至少说与警方抓捕郭昌明的行动有关？因为小望明显和警方有着密切联系。

我和警方也是有联系的，现在我就是找关系去了。

通常来讲，国家单位门口往往有多块牌子，除了主体部门的名称外，在同地址办公的同级单位或者重要的下属单位也会挂牌。拿中山北一路803号来说，除了"上海市公安局"之外，还挂有"上海市公安局经侦总队""上海市反电信网络诈骗中心""上海市公安局刑侦总队"等牌子。我要去的这个单位没有在门口挂牌，不是不够重要，也不是级别不够，它非但不属上海公安管辖，甚至触角可以伸到通常公安力量覆盖不到的角落。它只是不适合公开挂牌。

这个单位在大院其中一幢楼的九层，同样地，在底楼的楼层说明牌上也不会找到它。甚至电梯也是不到九层的，你需要到十楼或者八楼，然后从楼梯走一层。我走进电梯，想按下十楼，忽然发现怎么十楼也按不亮，再去按八楼也是一样。同电梯还有一个年轻人，看我按半天，问我去哪里。我说了要找的人的名字，又说已经约过了，他再打量我几眼，说你有阵子没来了是吧，去年就从一层扩到了整三层,还给装了专门电梯,走廊到底就是。我谢过,顺着他指的路,找到位于北侧边缘位置的两部没有标识的并排电梯。门开了,轿厢比通常的货梯还宽大,楼层按钮只有一楼的有个"1"字,上面三个竖着排列的按钮没有数字,但想必就是八、九、十这三层了。这样不标数字,让人觉得,这是和整幢楼其他楼层没有关系的独立的三个空间。实际上可能也正是如此。

联系的时候还以为这里是老格局,所以现在也不知道该按哪一层。我按下了中间楼层,电梯运行并不平稳,启停时有机械声,让人觉得动力强劲。出了电梯,厚重玻璃门紧闭,左边一块牌子,上面写着"华东特事分局"。

所谓特事局,就是特别事物处理局,归于公安部下,历史并不久远,成立至今恐怕不到三十年。而所谓特别事物,指的就是超越现今科学文明发展程度的,甚或是全然违背了当下科学理论的事件、物件、活体。为了预防和解决这些异常现象对正常社会的干扰,特别成立了这个部门。相较而言,我因为友人关系打过更多次交道的X机构历史更久,规模更庞大,但偏科研方向,而特事局则是行动派,更偏社会治安。我刚和郭处打交道的时候,他还是上海特事处的副处长,现在已经是整个华东局的领导了。

门需要刷卡进,这里也没有前台,我打电话给老郭,他没一会儿就跑出来接我。我跟着他往里走,重新装修过后还是第一次来,经过的办公室有的开着有的关着,如果说上来的电梯还略有一些神秘感的话,到了这里,就又和普通机关没什么区别了,至少这一层是这样。你不会想到坐在薄薄白色复合板木门后的人,正在处理的会是怎样奇诡的事件。

"有阵子没来,我都不知道你们这里扩张得这么厉害,一层变三层啊。本来还想着电梯到十楼走下来的。"我一边走一边和老郭闲扯。

"原来就是上海嘛,现在职能扩张了,地方就不够了。就这三层还紧张呢。"

"说起来,还没恭喜你高升呢。"

"都多久的事了。"老郭看似随意地摆着手,褶子脸上还是露出了一丝笑容。

办公室倒还和从前差不多大,二十平米的样子,一大堆铁柜子围着办公桌、沙发和茶几。

我在沙发上坐下来,他要给我弄茶,我说不用不用,都快饭点了,也知道你时间紧,我说几句话就走。

"真要是几句话的事情,你也不会专门来找我。"老郭笑笑,却也没有再去给我泡茶。

"之前你说,来找我是为了郭昌明的案子。"

约老郭当然得大概说下事由,我只提郭昌明是因为这个切入点相对容易一些。

"这个案子我是很感兴趣。"

"之前我让人查了下案件情况。"老郭从写字台上拿起几页装订在一起的A4纸。

"你是要报道?"他一边翻阅一边说。

"不报道,纯兴趣,你别紧张。"

"我紧张个啥,"老郭失笑,"你想知道什么?媒体都报道得挺全的吧,这类案子现在基本上都不瞒着。"看起来他并不准备把材料直接给我。

"这个案子刚出来,媒体进度还是慢一点嘛,比如嫌犯怎么杀的人,为什么杀人,又是怎么时隔多年再犯时被抓的。"

我问这些,一方面是自己好奇,毕竟是亲身经历的事件,很想知道来龙去脉,另一方面也是个初步的试探,想通过案子来切入小望这个人。这个试探其实已经有结果了,因为聊了几句,我发现老郭似乎不知道这个案子之所以会破,和我是有关联的。老郭拿到的情报就是公安内部的资料,不存在级别不够只能拿到一部分的情况。那也就是说,小望和警方沟通的时候没有提我。那小区是有监控的,就算分辨率不高,也应该拍得到当晚小望有一个同行者。而小望不提同行者,警方也并不追问,这信任度可就太高了。做一个比较的话,如果我直接报案给老郭,都未见得有这个面子让他不追问同行者是谁。

老郭看看我,手指在桌上轻轻敲了几下,说:"行啊,我就给你说说,但我就半小时啊,接下来还有事呢。"

我们两个打了十几年交道，老郭怕是吃准了郭昌明只是敲门砖，我要问的另有他事，所以用时间压我一下。

郭昌明三岁丧母，父亲出去打工讨了新妇后就再没回来过，所以他其实是吃百家饭长大的。这种经历的孩子，往往看上去很乖巧，但是谁也走不到他心里去，谁都不知道他心里到底在想什么。他知道世上没有亲人，没人会真的对自己好，所以掩藏的外表下是极端的冷漠与自我，心里有黑洞。

据他交代，第一次作案时29岁，此后两年杀了十三人，多数为性工作者，也有从人贩子处买的被拐卖妇女，后者可以说明，郭昌明行凶的原因绝不仅仅是性需求，更多的是对剥夺生命的行为本身的变态享受。从杀第二人起，郭昌明开始给被害人拍照，所以胶卷上十二人，但尸骨有十三具，都是关在柴房里，行凶后埋进院里。因他家宅基地处于村子最外沿一处坡地的背面，相当偏僻，所以一直没人发现他的凶残罪行。其间发生过两次逃跑事件，一人在黑夜中慌不择路摔死了，另一人不知所终，并未报警。第二人逃跑后，郭昌明外出打工避风头，经人介绍与前妻相识结婚，很快育有一女，不再杀人。然而二十三年后，他又重新举起了屠刀，深夜"捡尸"，将一名喝醉的年轻女性运进山，关进了尘封多年的柴房，如果不是警方解救及时，后院无疑将添一具新骨。

"他都停了那么久，是什么让他又想杀人了？"我问。

"据他说是和同事吵架，心情不好。估计没说实话，因为初步了解下来，近期在工作中和他发生争吵的是一个女业主。此外他的前妻去年再婚，女儿之前在美国读书，今年结婚拿到了身份，彻底定居在旧金山了。从某个角度看，他是有了亲人后停止了杀人，而切断了亲情连接后，又重新打算杀人。"

我听得心中一跳。人是社会性生物，是需要羁绊的，切断所有羁绊能不能获得绝对自由另说，人肯定就变得不像人了。

老郭把案情说得相当清楚，但是和所有报道中一样，有一处地方是空白的。

"既然这个郭昌明二十多年前杀了那么多人都没有暴露，怎么他这次刚动手，还没来得及杀人，就被抓了呢？线索从何而来？"我明知故问。

老郭哈哈一笑："现在和二十多年前能比？上个世纪破案子靠什么，现在又靠什么，你老记者了会不知道？天眼系统下面，现在是命案必破啊，从前哪敢想这个。"

"是靠天眼把人给抓住的？我怎么看有的报道说是有人提供情报呀？"我要不知道内情，还真就被他糊弄过去了，人上点年纪真是越来越会演戏呀。

"那你相信网上的东西还是相信我嘛。"

我和老郭大眼瞪小眼，然后都笑了起来。

"老郭，你可别糊弄我。"我说。

"那你也别糊弄我呀。你来我这儿到底是干啥的？"

"还真就是郭昌明的案子。"

老郭抬手看表。

"你说现在谁还戴表,都用手机看时间啦,我瞧瞧你这表是有多贵呀这么显摆。"我调笑一句,然后正色说,"老郭我和你说实话,我来找你就是因为这个案子,但不是为了案子里的嫌犯,而是为了提供线索给你们的人。"

老郭不接茬。

"我是为了叶望。"我索性挑明了,报出小望的大名,"我知道是他提供给警方线索的。"

"你怎么知道的?"

"我还知道,警方接到报案那天晚上,是叶望去了郭昌明的住处,在那儿找到了关键性证据。老郭你手里这份资料,有没有提到那晚上偷进郭昌明家的是几个人?"

"你也在?"老郭反应很快。

我笑笑。

老郭把视线移回手里的资料,似乎是在确定情报,又像是借此来掩饰思索。

没多久,他把资料一放,调整坐姿,显得更正式严肃了一些。

"没记错的话,这个叶望是你的粉丝吧。怎么你自家粉丝的事情,却要来找我问呢?"

我听他这么说,心里更笃定了。

"是啊,我还为了他的事情来麻烦过你。当时我都不知道他是我书迷,以为犯了某方神圣的禁被盯上了。可是这事情都过了十多年了,老郭你日理万机,居然还能记得他是我的读者?"

"你不一样。和你有关系的事情,我都记得非常清楚。"老郭半点不含糊。

"对你来说,凡和我沾边都没好事,都是你这特事处,哦特事局的管辖事务,所以才记得清楚吧。你能记得叶望,不是因为他是我读者,是因为他有特别的秘密!"

我一边说,一边观察老郭的表情。

"这个秘密是什么,老郭,别告诉我你不知道。"

"你粉丝的秘密,我为什么会知道,你是不是问错人了。"

"因为他和你们警方有合作,否则你们不可能是这样的反应速度,一接报案就第一时间出警把郭昌明抓到。"

老郭嗤笑一声:"那你应该去问南昌警方,他又不是给我打电话报的案。"

"老郭,我们认识这么多年,你有没有在演戏我看不出来?当年我被叶望跟踪的时候拜托过你,你肯定查过他,其实来的时候我只想知道那时你具体查到了些什么东西,但是现在看来,你明显知道更多。"

老郭的表情明显有些光火,可能是因为我毫不留情地戳穿了他的表演。

"不管你信不信。"他恶狠狠地说,"反正我不能说。"

我没想到他说出这么一句,精神一振。他毕竟还是给我露了点儿口风。

"所以你果然知道。不能和我说,那说明他是涉密的,对不对?而且是涉你们特事局的密?"

老郭面无表情地看着我。

"那他背后的组织呢?"

"那也不能说。"

"所以他果然是有一个组织的。"

"嘿我说你那多,你还真挺能问的,一不小心就上当。我真是一句话都不该和你说。"

我哈哈一笑:"老朋友了,你怎么不说我过去给你们提供多少情报,那些从我这儿得来的东西,你们归档以后涉不涉密,是不是密级还挺高?你看看现在还给我来这套。"

"那不一样嘛。"老郭这么说着,表情倒是放松了一些,"你光顾着问我,我倒要问问你,你是怎么给扯进郭昌明的案子里的,然后还一脸蒙样,什么都不知道似的来找我问东问西?"

我把小望是怎么突然在我签售会上出现、向我求助,又是怎么一辆车在南昌火车站接到我直奔郭昌明家,甚至怎么撬门而入一顿猛搜,最后在枕头里找出胶卷,还有我和郭昌明打了个照面的经过全都一五一十对老郭说了。到这会儿,早已经超出了他给我的半小时时间,但他一点儿也不着急,听得津津有味。

"那你来找我干什么,你等着他来找你不就行了?不是他求着你办事吗?"

"可他回上海就像变了个人,一点儿都不急了,我看他压根儿就不想和我再见面。"

"那就是人家的事情不用你就解决了咯。结果还把你的好奇心给勾起来了是吧?"

"你知道我的,要没有这份好奇,我也不会和你,和特事局打上交道对吧?现在年纪大了,一般情况下好奇心没年轻时候那么重,可真要是给勾起来,那可是……"

"老房子着火了?"

"你这是啥比喻。不过差不多意思你知道就行了。"

"这个叶望到底找你什么事情,我也不知道,也有点儿好奇,不过我好奇心没你重,没到对社会有负面影响的份上,我们不会主动介入。至于叶望这个人是什么背景,他身后的组织是怎么样的,我们有纪律,真不能多说。"

我掐着小手指尖尖对他说:"就再多说那么一丁点儿呗,郭处。"

我用了从前他没升职时的称呼,想让他记得我们是老交情。

"硬逼着我就没意思了,想要我说几句瞎话来糊弄你吗?就像以前,有时候我不也给逼得和你说瞎话吗?行了,现在已经严重超时了,我接下来是真有事的。"

他这么赶人,我也没办法再赖下去,只能起身告辞。

"我和你说了这么些,回头你要是搞清楚了叶望是因为什么事情找你,记得告诉我一声啊,情报要互通。"临走时老郭说。

"你都和我说啥了!"我气道。

他笑笑。

走出市局大院的路上,我心里还在琢磨,老郭真是个老江湖,听他的话得多留神,可他从前到底骗过我些啥,怎么没印象?

老郭虽然看起来这也不能说,那也不能说的,但此行多少还是有点收获。起码确认了小望背后的组织和警方,甚至和特事局有着长期的合作关系。而基于特事局的特殊性,其涉密的长期合作方的研究方向、提供的服务或产品,一定是超出普通人认知的。换句话说,涉及所谓的超自然领域。

这个超自然不是指神神鬼鬼的事。先民不识自然本质,便觉风雨雷电有神鬼操弄。人类认知进步到今天,同样有局限。和先民相比,我们现在和宇宙万物的本质真理的距离,并未靠近多少。超自然往往只是朝着事物本质再多走一步,但只这一步,就走进了人类主流文明的认知之外,走进了常人的视线之外,走进了迷雾之中。所造成的影响,往往便有如鬼神。

这样一个组织,碰到了问题,当然更是超出常理的不可思议事件,鉴于我过往经历在暗世界中闯出的名头,跑来找我倒也正常。特事局作为合作方，居然对此一无所知，想必这个组织觉得找我更有用些，想到这里，我不禁微微自得起来。当然我也立刻警醒，小望个人不能代表组织，也许有偶像光环加持，另外不找特事处帮忙，没准里头有见不得光的东西呢。再说了，现在没我帮忙，那问题不也解决了吗？

一直到回到家，我还是没想出老郭过去骗过我些什么事情，相反，从前我一度还觉得老郭这个人挺好骗的呢。我摇摇头，人总是容易高看自己，今天要不是老郭自己说出来，我都不知道自己被他玩得团团转过。可他为什么要说出来呢，存心气我吗？不过，他这样的老江湖，会说这样的话，平白让我对他存个戒心？所以他说这个是有目的的？

我把老郭最后那几句话回忆一遍，他说要情报互通，因为今天透了料给我，但分明没什么料啊？可如果他确实透了料，我没意识到呢？再往前一句话，说的就是他曾经骗过我，要是把这句话放到整体语境里想，他骗我的事情和今天的谈话有关？那就是十多年前我拜托他调查跟踪者，后来他告诉我那是我的书迷……

他在这件事上骗了我！

小望从来就不是我的书迷，他根本就不是因为这个才跟踪我，他的组织在那时就和特事局有了合作，所以老郭当年没和我说实话！

在被我发现之后，叶望借着粉丝的名义，继续观察了我十多年。想通的这一瞬间,我毛骨悚然。

他到底为了什么?

我一刻都等不了,打电话给老郭,但他没接。我发了微信给他,问他叶望当年跟踪我的原因。过了一会儿,他回复了三个字。

涉密了。

然后还跟了一个极其可恶的笑脸表情。

我猜中了。

三　小望，叶望，小望

小望不是我粉丝这件事,就像一根刺,扎穿了某层虚幻外壳,给我放了气。当日晚上,尽管我是一个人独处静室,思之总觉羞愧难当,老脸一阵一阵地发烫。

记得二十年前刚刚入行做记者时,记者还被称为无冕之王,有前辈给我们上业务课时解释这个称号,老百姓是通过新闻来认知这个世界的,记者所写会被读者当成真实世界的一部分,换而言之,记者是新闻世界的缔造者。听得这样的说法,年轻的我当然会有使命感,也当然会有与之相伴的骄傲。再往后,我开始接触到世界的另一面,在一次又一次光怪陆离的冒险中存活下来,在暗世界中积累声名,自认为见过了世界真相,不向权贵折腰,不向财富低头,更因为无法解释的遭遇异常事件的高概率,不免有一种近似天选之子的主角自负。及至近年,记者行业整体衰落,没人再提无冕之王这茬,但我却凭借着为了平复心情记录经历而写的"那多手记"系列小说积累了大量读者,社会认识身份从记者向作家转变,出去签售大排长龙,一个个都尊称我一声"那老师",自得自负之感,却是比年轻时更重了。我把这一层一层虚幻可笑的迷雾当成华衣穿到身上,如今被一针扎穿。

现在想想,真是太可笑了。十几年前,我才刚出了两三本书,居然就会相信有人读了我的小说后,痴迷到三番五次在现实中跟踪我的程度?我当自己是刘德华吗?就是算是现今的流量明星,收获大量粉丝之前,多少也得有一个发酵过程吧?至于作家群体,放眼如今,有几个能让读者打破现实与虚幻的藩篱,由爱作品转至对作家狂热崇拜呢?当年的我又有何德何能做到这点?即便话是从郭处嘴里说出来的,我也不该丝毫疑心不起,还不是别人说的话真切中我心中所想,合了我潜意识里对自己的定位,才会如此吗?真是迷之自信啊。

被一针放气,重新认知了真实自我,却也不免有些心灰意冷,打不起精神。自己终究只是一个普普通通的中年人。对于小望之事,虽然还是好奇,可没有之前那样迫切了。之前更多是被他放鸽子的气急败坏恼羞成怒,现在想想,世界上不可思议的事情那么多,总有破解不完的谜团,也不差着这一个。纵然十多年来小望打着书迷的旗号接近我,其实心中另有怀抱,可是他不像有恶意的样子,后来也再未打扰到我生活,就算了吧。现在人人生活在探头下,生活在大数据中,多一个意图不明的监控者,其实也没多么严重吧。

以上种种心态,其实只是泄气后一时的放弃,第二天睡醒,我的想法又有些改变。前夜的反思总体上没错,可是对于小望假作我粉丝这事,又开始心中耿耿。

耿耿归耿耿,我也是不打算主动追查了,顶多下一次签售会或者老粉聚会,如果能碰到小望这个伪粉的话,看心情戳他几句。

我倒是没有想到,会这么快再一次见到小望。

我是在去报社的路上收到小望微信的。

那老咱下午喝咖啡?

他是知道我去找过老郭了?他从来没叫过我"那老",是漏打一个字,还是调侃一下预热个气氛,好让接下来的见面可以轻松一些。他是觉出我有所不满了吧。

我和他约在下午三点见面,最终没有选咖啡馆,而是一个茶馆。地方是小望定的,位于杨浦区,离我很远。这让我觉得"那老"应该就是漏打了个"师"字,小望如果真想让我心情好一些,不会直接扔过来这么个碰头地点。这么多年来,一般别人和我约地方,不是就着我附近,就是约个中间地点。倒不是说昨晚上刚被扎了一针现在就故态复萌,这和虚荣心无关,而是老社会人根据蛛丝马迹来预判自己在别人心目中的地位。正常社交里,最起码也会解释一下,比如因为什么原因只好选那里,或者至少象征性问一下对方方不方便。小望没有,直接发了地址给我。

我两点五十到了茶馆,小望订了个包间,他还没到。我叫了一壶毛峰,加到第三次水的时候有点按捺不住,发了微信告诉他我到了。过了会儿他回"马上",又让我等了二十分钟,最终他是三点三刻到的。

本来我想见面第一句话问他是不是记成了四点碰头,用上海话讲,"搓"他一下,但真见到他时却吓了一跳。

上次见面至今不过十来天,但小望明显瘦了一圈,头发不知道几天没洗,又乱又油,眼窝深陷眼珠鼓出,眼白里都是血丝,一张脸却病态地潮红着。

他看着我,又像在看别处,但房里明明就我一个人。那种恍惚持续了两三秒钟,他才和我打招呼。

"不好意思,晚了。"

一句道歉的话,本应语调低沉,他却是拔着嗓门说的,给我的感觉有些怪异。

无论如何,眼前这人不在正常状态。我把讽刺的话咽回肚里,对他笑笑说没事。

服务员进来问点什么茶,小望看了茶单,又让服务员推荐,最后却选了和我一样的茶。整个过程中,都有些心不在焉,反应时缓时急,又有点儿不耐烦。我本以为他有求于我的那件事情已经解决了,现在看来却未必,他这模样显然心里压着大事。

"你这状态,看起来一晚上没睡觉似的。"

"倒还不止一晚。"小望低声咕哝了一句,我没听太清,好像是说的这个。

"是因为你上回找我的那事吗?"

小望摆了摆手:"那个没事了。"

"没事了?"

小望嗯了一声,仰脖子喝茶,烫得咝咝叫,却还是一饮而尽。

我看着他,觉得哪里怪怪的。

"那么?"我试探着问。

"什么?"他放下杯子,"哦,您说。"

我愣了,什么叫我说?

"不是你约的我吗?"我没好气地说。

"哦对对是我约的,咳,这两天真是……不好意思那老师。"他中间含糊其词,我没听清最关键的信息是什么。

"这不是答应了您喝杯咖啡吗,而且昨天您也去了特事局那边,所以想想还是见一面好。"

我倒没想到小望这么直接地就抖出了我去特事局打听消息的事。开门见山挺好,省得来回绕圈子。

小望倒满一杯茶,又是一口下去,看得我都嘴烫。喝完这一杯茶,他长出一口气,脸上的红潮稍稍减褪,情绪似是平复下来。他沉吟着,仿佛在考虑要怎样对我说。他这沉吟的时间也太长了些,只见他眼角眉梢舒缓下来,眼神下移,慢慢眯起来,却还是不开口。忽然之间,他像被根针刺了一下,浑身一震,低头瞥了一眼左手。他的左手手腕上戴了个金属色的圆环,有些像运动手表,却没有明显的液晶表面。然后他倒了第三杯茶,再次一口闷掉。

我在旁边看着他这一系列的动作和细微表情,觉得他在演戏似的。

"那老师,我们认识那么多年了,我也看了您那么多本书,知道了您经历的那么多有趣的事情,所以您有什么问题就直接问我吧,我能解答的,多少给您说一点,说不了的,那也没有办法。"

我气乐了,说:"不是你跑到武汉去,让我帮你个忙,还拖着我和你一起去了郭昌明的家里,让我给做个见证的吗?是你有事让我帮忙吧。"

"原来是有个事情,但我刚才说了,现在没事了,解决了。"

"那是件什么事呢?"经过昨夜反思,我多少拾回点初心,此刻舍了面皮问小望。

"那个事情……太离奇了。我知道你经历过的离奇事情很多,但这件事情不一样。还是不知道的好。"

"一件离奇到极点的事情,但是你自己解决了,是这个意思吗?"

"不是解决,哎,就算是解决了吧。"

"然后我还不能知道?"我简直觉得小望是跑来羞辱我的。

"对你真的没好处。"这像是一句威胁的话语,但是小望却说得非常诚恳,"海鲜馆子里养着的鱼虾,明白还是不明白自己的下场,有什么区别吗,白白烦恼而已,改变不了任何东西的。"

"你说我是饭馆里养的鱼?"我瞪小望。

"某种意义上,我们都是。"

"我们要死了?"

小望哈哈笑起来:"打个比方而已,那老师不要紧张。我们说点别的,这事儿真没什么好说的。"

明明就是这件事问题最大!只是我觉得小望不谈此事的意向很坚决,看来得迂回。

"那说说郭昌明吧,你是怎么知道他有问题的?这个能不能说?"

"其实也是不方便说的。"

我几乎眉毛都要立起来了,小望抬手往下压了压,示意我少安毋躁。

"这么说吧,其实郭昌明是受到监控的。"

"他受了监控,谁的监控?警方的监控,还是你们的监控?如果他受了监控,为什么放他在外面这么久,为什么不第一时间抓他?"

"哎呀你的问题还真是多。"小望以手作扇在面前扇了扇,好像有一只嗡嗡叫的蚊子在烦他。

哪有什么蚊子,那蚊子可不就是我吗?今天从他迟到开始,对我的态度就非常离谱,那种无时无刻不流露出来的不耐烦和慢待轻视,让我得一直摁着脾气,否则早就拂袖而去了。但这一刻,我是真忍不住了。刚才那句话太居高临下,简直像上司在对下属说话，还是那种特别没有涵养的上司。

"你这是彻底不装我粉丝了吗？"我冷笑。

小望一愣，说："粉丝也不非得是舔狗吧？"

我已经怒气满格，这是还打算道德反制我了是怎的？既然这样，那也没必要藏着掖着了。

"叶望，当年你偷偷跟踪我，说是因为看完小说对作者很感兴趣才那样，还装模作样道了个歉，其实你根本没看过我小说吧，你跟踪我是另有目的，是不是也在监控我呀，还装什么读者！"

小望脸上稍褪的潮红此刻又涨了回来，我都不知道他在气什么，正常人该有的心虚歉疚全没有，反倒一副被我的话激怒了的样子，双手按在茶桌上，鼻孔翕张大着嗓门着冲我说话，说到后来，简直像在喊叫。

"是不是粉丝我今天不都来见你了？我能给你这点时间，这点时间对我有多重要你知不知道？当年我就是来看看你算哪号人物，结果也就普普通通一根葱嘛，那时候我是没看过你写的书，不过后来我的确看了两本，要不是念着这个，我今天也不会坐到这里。说是你粉丝那是给你面子，你说你小说里有什么，有文笔还是有脑洞？不就把自己日记涂涂改改发出来挣了点钱吗？别人写东西做加法，你写东西做减法，了不起了呗！"

我想反驳又张不开嘴，简直有点儿气急败坏了。我文笔是不咋样，常被人说絮絮叨叨不出彩，原本被读者称道的点就在于脑洞大，因为没几个脑子正常的人会觉得我写的事情真是自己经历过的，真是在这个世界上发生过的。现在小望显然是个知内情的，这么胡喷一通，我还真不知道该怎么驳，软档被他掐住了。

他骂了这么一通，还不罢休，又说："好心好意来见见你，我是欠着你的吗？我带你去见郭昌明欠着你了？给你点素材写本新书不好吗？还是素材不够，非得我再多说点才行，不能纯靠脑洞把故事补完一次吗？"

发完飙，叶望直接起身，竟然打算就这么走了。

我胸闷手抖，忍住不和他破口对骂已经尽了全力，压根儿不想把他劝回来。

他走到门口，停下来又扔出一句话。

"再给您加点儿素材吧，省得您写不出东西。郭昌明是被监控的，你也是被监控的，所有人都是被监控的，都是简单的虫子！"说到这里，他急喘了几口气，脸上露出了诡秘的笑容，"但其实，这些监控都是扯淡，我们只是假装一直被我们看着，我们只是假装一直是我们。拗口吗，您慢慢理解吧。"

他哈哈笑着走出去。

我一口把茶灌进嘴里，再倒一杯又喝掉，这儿也没有镜子，但想必我脸色差到了极点。就这么歇了不知多久，才缓过气来，才开始琢磨今儿个这场不欢而散的碰面里头，有些什么有价值的信息。

今天的叶望（我现在更愿意这么连名带姓地称呼他），已经完全不是那个我认识的小望了，简直可以说是性情大变。这是因为不用再扮演我的粉丝，而本性大暴露了吗？气过之后，我却对此有些怀疑，他的那种心不在焉，注意力缺失，时时不在状态，神思在外需要我提示才能重新转回来的状态……我觉得他承载着一种巨大的压力，在这压力之下，他整个人的脾气性格乃至行为模式都扭曲了。包括最后在我看来毫无来由的怒火，都很像是极度焦虑的表现。他来见我当然不是为了吵架，他肯定是要来给我某种程度的解答的，但是他控制不住自己的情绪，这方面我也有问题，没有觉察他的状况，反倒进一步刺激他，最后一拍两散。反思归反思，再让我来一遍，也很难憋住火的。

那叶望又是承受了什么压力呢？我不禁想到他说的那个海鲜馆里的鱼的比喻。在武汉他是为了件极离奇的事情来寻求我的帮助，此后他解决了那件事，却不愿告诉我，原因就是海鲜馆里的鱼。我是理解这个意思的，从前我听过一个更贴切的比喻，叫作夸父足影中的蜗牛，神话中的巨人夸父，一脚能踩出个池塘，在他脚掌阴影中的蜗牛，那自然是逃无可逃，再怎么挣扎提醒，也无法被巨人感知到，与其在绝望中等死，还不如什么都不知道来得好。因为不可能做出改变，所以叶望不愿把事情告诉我，但他当然是知道的，所以他承受的巨大压力，是否就来源于此呢？

我本来没有放弃，是想迂回着把事情搞清楚，没想到话不投机。无法改变,就不去了解吗?这可不是我的人生哲学。其一,你又不是我,你改变不了,怎知我也不行呢?其二,所谓朝闻道,夕死可矣。闻道、了解宇宙的真相,并不是非得去改变什么,哪怕会承负更大的压力,但人类文明就是在这样的重压下一步步前行的。就算什么都改变不了,我也想知道,这就是我那多的人生追求。看来叶望还真算不上我的粉丝,否则看了我这么些书,怎么会不知道我是这样的人呢?

但叶望最后那几句话是什么意思呢?他说我和郭昌明一样是被监控的,虽然不知这监控具体指什么,但起码我还可以从字面上试着去理解,可随后他又说这种监控是扯淡。既然这种不知其形态方式的监控可以抓出郭昌明,就不能说是扯淡啊,用处明明大着呢!还有最难以理解的那句话,"我们只是假装一直被我们看着,我们只是假装一直是我们",首先"我们"代表谁,代表叶望和他背后的组织,还是代表包括我在内的广泛人群?我觉得可能两者都是。但什么叫"假装被看着"?我知道我大多数时候都被天眼系统看着,这可不是假装啊,那我还被什么别的东西看着吗?我都不知道我怎么假装法?后半句更难解,我们假装是自己,是这个意思吗?人类假装是人类?

许多光怪陆离的想法刹那间在我脑海划过,我们是某位佛陀起念而生的泡影世界;我们是一段《黑客帝国》般的运行程序;我们是高维世界在低维的倒影,是别人的牵线木偶毫无自由意志……忽然间一股宏大的悲哀降临下来,把我牢牢攫住。

接下来的两个晚上我都做了很奇怪的梦。一晚上梦到我站在一片丘陵上,烈日灼空,太阳越来越大,离我越来越近,忽地变成一只巨大的眼睛,我才明白自己站在巨人的手掌上,他正凑近了看着我;另一晚上梦到总有蚊子在身边嗡嗡叫,赶不走找不着,我只好逃,蚊子叫得越来越响越来越近,渐渐变成了一种咒语声,我像是孙猴子被念了紧箍咒,开始飞天遁地地逃,最后站到万丈高楼的避雷针上头,俯瞰底下的蚂蚁,蚂蚁开口口吐莲花,变成一个个红黑闪闪的字符朝我包围过来。想必我不只做了这两个梦,因为醒过来脑袋发空发虚,就像是没睡过似的,乱哄哄比没睡更累,但能记起来的内容就这两个。

被咒语吵醒的时候手机还在床头柜上嗡嗡振动,拿过来一看是老郭。

我"喂"了一声,那边就惊讶地问我:"你不是还没起吧?"

"记者嘛,作息和你们不一样,睡得晚醒得晚。"

"你这是早上六点睡的?"

我听着不对,看眼时间吓一跳,都中午十二点了,真是被一顿紧箍咒念得晨昏颠倒了。

老郭约我见面,电话里没说事由。他说他来我这里,给我点时间爬起来洗漱。我也不和他客气,说找个附近能说话的地方,老郭说他来找地方,到了给我电话。看这副架势,他这是有事要找到我头上了吧。

有时候事情就是这么奇怪，想求而求不得，不想求了的时候，前天小望主动约我，今天老郭主动约我。他找我的事情应该和小望有关联吧，我是这么猜测的。

老郭来得飞快，我还在小区门口的小吃店等新一锅锅贴出锅，就接到了他的电话。

"我就在你小区门口，到我车上聊。"

我只好改堂吃为外带，捧着塑料盒子去找老郭的车。出店门一眼就瞧见了警车，好找得很。

"好香啊，给我一口？"老郭闻着味说。

"你这省着咖啡钱，还要倒找我的锅贴啊。"

老郭两根手指捻起锅贴一角，仰着脖子张大嘴。我等着他把锅贴完整地放进嘴，再提醒他。

"刚出锅的啊。"

老郭瞪着眼睛想咬又不敢咬，我瞅着好戏，他总不能再吐出来吧。

老郭下定决心，先松嘴吸一口冷气，再咬破锅贴皮，肉汁便烫在了口腔里。他顶多忍了半秒钟，就龇牙咧嘴地抽气，锅贴吞又吞不得，吐又吐不得，随着他的吸气吐气在嘴角若隐若现，十分可笑。

老郭不太向我耍官威，但也不是个耍宝的人，现在这副样子，平易近人得过了分。我对接下来的谈话有些预感，不会太轻松的。

我用筷子夹起一只锅贴，咬去一角，往里头的肉汁送几口凉气，再放进嘴里，热度正好。老郭抽了张纸巾擦擦手和嘴，让我慢慢吃。

"本来想找个咖啡馆，想来想去，还是车上聊更方便一点。"

"弄得像间谍接头一样，难道连你也要躲监控吗？"不知怎么，我第一个想到的就是监控。

"不必要的干扰还是排除一下的好。"老郭打了个哈哈，没有正面回答。

"这两天……你见过叶望吗？"他问我。

不用说，他准是知道了前天我和叶望的碰头。我点点头。

"不介意的话，具体说说？"

他们的合作出现问题了吗？我琢磨着。也不一定是有问题，但合作方的利益时常不完全一致，大方向下各有小诉求是正常的。

"不介意的话，交换咯。"我试着提要求，说完低头去吃锅贴，假装出毫不在意的样子。

"行啊，你上回问的，当年叶望跟踪你的事情，我可以再和你说一说。"

老郭答应得如此干脆，出乎我的意料。我放下餐盒转头看他:"你为什么愿意说?这里面的原因也要告诉我。"

他"嗯"了一声,表情变得严肃起来。

得了这个承诺,我振奋起来,因为睡眠造成的精神涣散至此完全消退了。我从几点钟收到叶望微信说起,到包括他见面迟到的所有细节,都原原本本告诉老郭。因为我们实际没聊几句话,所以关于他的神态表情这些内容,反倒说得更多一些。

"就是这些了,我可是没说一丁点儿瞎话哦。"我在"瞎话"这两个字上格外加了重音。

"所以你觉得他当时的状态是很异常的?"老郭问。

"就不是我认识的那个粉丝小望了,一方面他肯定有很大的压力,另一方面,我觉得他被戳破粉丝身份后,也就无所顾忌,不需要伪装所谓偶像崇拜了。"

"所以你在这次见面前就已经戳破他粉丝身份了?"

我飞起一只眼斜瞄老郭。

"那可不是我戳破的,要不是你给我暗示,我都还不知道呢。我想嘛,多多少少和我来你这儿有点关系,对吧?你们是有合作的嘛。"

我肯定地说出这句疑问。不料老郭很坚决地摇头。

"绝不会是我这里漏出去的。任何形式上,我都没有对第三人提过我们碰面的具体内容。"

"记录归档上报之类的也没有吗?"

"那天我压根儿就不觉得碰面有什么重要。不是和你有关的啥鸡零狗碎都要归档的,你也别自视太高咯。"老郭说罢朝我笑笑。

"现在你觉得重要了?"

老郭没答,却说:"不过我虽然没有往外说什么东西,但是我……向有关方面做了个讯问的动作。"

"有关方面就是叶望背后的组织吧?"

老郭没否认,耸耸肩继续说:"毕竟我也想知道他们是为了什么事情找你。叶望可能根据这个推测出你找过特事局,但他不可能知道我们具体谈话内容。我倾向于叶望和你见面的时候,还不知道他伪装你粉丝的事情暴露了。就刚才你说的碰面情况,你们忽然崩掉,叶望情绪完全失控,就是在你点出他伪装粉丝这一点之后。如果他之前有所准备,应该不会这样吧?"

我沉吟着说:"如果是这样,那他从一开始就表现出的异常,又是因为什么呢?"

"就是因为压力,因为那几句你想不通,我也想不通的奇怪的话。这个压力,他所碰到的事情,让他变成了另一个人,他原本的性格、日常情绪、处事模式都在这个压力之下变形崩溃。"

"这么说的话,更像是一种摧毁性的冲击。"

"所以和点不点穿粉丝身份无关,可能你点穿他,只是压死骆驼的最后一根稻草。"

我夹起一口锅贴送进嘴里,等着老郭说下去,他却停了下来。我看了他一眼,发现他蹙着眉在想着什么。我感觉稍有异样,随后警醒,囫囵把锅贴咽下去,忍着食道的不适,用变了调的声音急问他。

"叶望死了?"

问出这句话的同时,我回想起老郭今天突然来访,想起他种种神情,便已经猜到了答案。一股悲伤在我心底慢慢溢出来。

我看着老郭,希望他给出否定的回答,但他的下巴轻轻点了一下。

"怎么死的?"

悲伤淹掉了我的心脏,挤压得它很难受。虽然最后一面并不愉快,但我们毕竟交往了十多年。在这刻回想起来的,都是温暖的画面。

"从目前得到的信息看,是意外。今天早上他闯红灯被车撞了,还没送到医院就断气了。肇事司机是疲劳驾驶,反应慢了,但除此之外⋯⋯应该没问题。"

"是叶望的问题?"

"事发时不到六点,他没走在人行道上,而且晃晃悠悠步速很慢,好像没有方向性,在路口正中间兜圈子。目前还在看监控,但他肯定是在街上走了很久。"

"早上五点多走在路上?还走了很久?喝酒了吗?"

"问了抢救的医生,不像是醉酒。毒品等可能还在等初步尸检结果出来。但让我判断的话,不是这类原因。"

"所以你来找我。你问过他的组织了吗,那到底是个什么组织?"

"当年你因为被他跟踪的事情找我帮忙,一开始我觉得这事情没什么难度,具体事情是一个同事办的,他做了点调查,发现叶望确实在跟踪你,就把他带回局里做了个问讯。叶望当时是不配合的,也不承认对你有跟踪行为,当然,也没说看了你小说是你粉丝。我们吓唬了他一下,说不老实就通报给他公司,那时候他明面上的身份是个人事。他也不慌。后来发现公司是个空壳,再后来,就有人到我这里打招呼了。"

我一边消化叶望的死讯,一边默默听着自己十多年前与他初识背后的隐情。

"当年的情况和现在可不一样,特事局机构初设,不完善的地方很多,自己的力量也弱,包括处理流程和发展方向这些,都在探索中,所以也格外需要各方的支援,也需要团结一切可以团结的力量。招呼是从总局那里打下来的,说这事情先放一放,不要再往下查了。我当然就只好听话咯。然后没过多久,总局有个会,原本是我们处长去北京的,点名让我也跟着。会没放在局里开,可能是不想有那么浓的官方色彩,放在了长城饭店的一个会议室。事前我只知道是和一个体制外的合作方开会,我们先到,然后他们七八个人一溜进来，里面就有个人眼熟。我没见过叶望，看过照片，就是他了。"

"那一定是很重要的合作方了。"我说。

"其实这事情，没准梁应物是知道的。"

我大吃一惊。我的男性友人按关系重要性排列，梁应物无疑是第一位的，把"男性"两个字去掉，没准他也能保持这个位置。我们是中学同学，相识已二十多年，因为他卓越的生物方向学术天赋，拿了哈佛生物工程博士学位回国后，就进入了X机构（也许更早，谁知道呢）当研究员。当然他现在已经不在学术一线了，积功升至某个重要位置。具体我也不清楚，这个比较敏感，我既然不想加入，就不用打听得太清楚。总之在我多年的冒险生涯中，我和梁应物有过多次合作，有我帮他，也有他帮我，经历过几次关乎生死的危机。

"不可能，他知道怎么不告诉我。"我断然说道。

"可能知道而已，而且他知道的话，也是指双方的这个大框架的合作，至于叶望这个人嘛，之前你们保持着作家和读者的关系，你有特意和梁应物提过他吗？没有碰上具体事情，他就算知道也未必主动和你提吧。"

"所以叶望背后居然是X机构？梁应物当年也在那个会议室里？"

"他怎么会在，他那时候还在搞研究，而且我们也不是和X机构合作，只是X机构给牵了个线。"

老郭解释了一下，X机构是研究向的组织，二十年前的X机构结构要比现在更松散得多，其下当然有直属的实验室和研究中心，也有一些绑定得不那么严格的组织，它们以公司、社团甚至是个人独立实验室的方式和X机构合作，不接受领导，共享研究成果。这些组织都经过了至少三轮的无害化审查，保证他们的领导人、主要成员和研究方向不会对国家和社会有不利影响。只要通过审查，其他方面就非常宽松自由了，且有几乎完全的自主权。叶望所属的洞察者组织，就是X机构的一个外延合作方。实际上，他们近十年来才改叫了这个名字，其来源就是和特事局的合作计划。

"洞察者计划，我在那个会上才第一次知道这个名称，还是相当贴切的。"

我当然就想到了郭昌明，他无疑就是被洞察出来的那个。

"你知道犯罪基因这个说法吗？"老郭问我。

"龙勃罗梭那一套吗？"

龙勃罗梭被誉为犯罪学鼻祖，一百多年前他提出了天生犯罪人论，即有一类人生来就有暴力倾向，易成为罪犯。他研究了大量死刑犯的头骨，此外还有战士和精神病人，主要从颅象和体格两个方面总结出一套犯罪人外形，比如有坡度的前额，扁鼻子等等，其实就是返祖相，长得像猿猴。就我们所受的教育，人的行为主要都由后天塑成,不承认先天犯罪之说,大众教育这么说是必然,否则岂不人心惶惶。可是天生论向来都有拥趸,龙勃罗梭的模型虽然被证明漏洞很大,但还是吸引了许多学者在这条路上继续前行。

"龙勃罗梭有点古老,最近三四十年,从生理层面解释犯罪行为有很多进展。20 世纪 80 年代雷恩扫描了几百个谋杀犯的大脑,发现了普遍的前额叶皮层和杏仁核的异常。20 世纪 90 年代比弗比对了两千个青少年的基因,确认了 M……MA,呃……"

老郭停下来拍拍脑袋。

"忘了叫啥,反正就是有这种基因的人非常敏感和冲动,有攻击性,也容易有反社会行为。还有关于超雄体的研究。"

"超雄体这个我知道,染色体多一个 Y,千分之一的概率,强壮、缺乏自制力、好斗。"

"洞察者就是搞这方面研究的,但是要更深入细致。他们有两条路径,首先是基因层面的,做了极大量的人类基因突变研究,十几年前那个会议上,他们就宣布已经累积到一万个突变了。"

"这是什么意思?代表了什么?"

"就比弗那个 M 什么的基因突变,那只是一个有代表性的突变。每一种突变,都会给人带来心理或者生理上的影响,而生理影响,其实也会产生心理影响,比如说你有个什么疾病,或者天生下肢较长,这都会带来不一样的心理变化。原来我们说犯罪基因,也有另一个名字叫作战士基因,就是说一定情况下这个基因会带来正面影响。同样,一些我们看似应该产生正面影响的基因,某些情况下也会产生负面影响。洞察者就是尽可能地搜集基因,不管正面负面,只要对人有影响,就去分析这个影响可能会到什么程度。"

"一万个突变,就是可以分析一万个基因层面的情绪变量的意思?"我惊讶地说。

"现在早不是一万个了,具体不知道,肯定是十万往上的级别了,说百万我都不意外。那么多年超级计算机都更新了多少代了,我听说他们都开始上量子……"

老郭停了嘴。

"量子计算机?有应用了?"

老郭摆摆手,意思是不能和我说这个话题。

"也就是说,现在任何一个人,他大部分的突变基因反应在情绪上面,都被洞察者破解了?如果验一滴血,就可以知道他有比如十个快乐突变,十个悲伤突变,十个冲动突变,十个嫉妒突变之类的?是不是还会汇总起来形成一个心理分析?那不就成透明人了?"

"没那么简单,这就要说到洞察者的第二条路径——社会学。一个人天生有什么情绪,最后还要通过他在社会上的经历反映出来,即后天环境的影响。生物性必须和社会性结合,才是我们看见的行为。"

"怪不得要找你们合作。"我一拍巴掌,"他们研究生物性,有先天数据,但后天数据当然是公安最全。双剑合璧,这可就太厉害了。"

具体怎么厉害,我一时还没想得太清楚,只隐约觉得有些毛骨悚然。

"是的,而且那时候天眼系统刚刚起步,可以预见的是后天数据我们会掌握得越来越多。还有大数据,这个概念洞察者当年在会上就提出了,几年前也得到了实现,这部分后天数据他们只有找我们合作才是合法合规的。再说,先天数据方面,他们也得依靠我们。"

"你们有什么先天数据?DNA 库?不对啊,洞察者进行的是人类普遍性研究吧,你们的 DNA 库不是必不可少的吧?"

我转头看老郭,见他笑了笑,并不回答。

突然之间,刚才那股子隐约的毛骨悚然,一下炸开了。

进行普遍性研究,不需要具体某人的 DNA,但如果研究的下一阶段,由普遍而具体了呢?仔细一想,这很正常不是吗?理论走通了,就要开始指导实践了。我再想深一层,警方 DNA 库里都是嫌犯的,没犯过事的人不会入库,那郭昌明的 DNA 是怎么来的?洞察者应该有郭昌明的 DNA,才能分析出他大概率是罪犯吧,郭昌明之前有过犯罪记录吗?如果没有,DNA 从何而来?不会是医院吧？老郭关键时刻不答，是否意味着洞察者也没那么干净，有一些处于灰色地带的行为？如果真的有医院渠道，那理论上可以获得绝大多数人的DNA了，有几个人一辈子没在医院抽过血？

"这个洞察者计划，现在到底有了多少人的生物样本了？"我忍不住问。

"他们有多个渠道，所以这个数字是很大了。"

"几百万，几千万，还是……"

"这个计划的理想目标，是让我们对于整个社会的动向有一个了解和预判，进一步遏制犯罪活动。要达到这个目标，几百万还是几千万，无疑都是远远不够的。"老郭点到即止，显然不打算说太多。

"那这个理想目标现在进度怎么样？"

"郭昌明就是他们的成绩，你已经看到了。在郭昌明之前，他们已经抓出了几百几千个隐藏在社会中的重罪犯了。总体来说，洞察者计划是成功的，洞察者也是我们重要的合作伙伴，所以应他们的要求，我们提供了一些无伤大雅的掩护，希望你可以体谅。"

他说的自然就是当年给叶望做的掩护。

"我还以为我也是你们的合作伙伴。"我半是抱怨半是调侃地说。

老郭有些尴尬："我这不就是求合作来了嘛。"他打着哈哈。

我吃掉最后一个锅贴，对他笑一笑，说："你们和洞察者那是一本正经的大合作项目，我怎么比啊，要放十多年前我说这种话，你非一板一眼给我顶回来不可，这些年老郭你可也变软不少啊。就冲这句话，到底要派我做什么用处，开口呗。"

"这个洞察者计划，我们的合作模式也是相对宽松的。计划里涉及的基因学、社会学和计算机学领域技术，都非常前沿，我们没有相应的人才，所以一直以来，我们只负责提供原始数据，然后收获一些类似郭昌明这样的果子。至于里面具体的理论、运行模式、采用怎样的算法这些，全都不掌握。这毕竟不是长远之计，而且这几年人工智能和基因科技发展得非常快，我们自己的技术储备也和十几年前完全不一样了。"

"说到底，这是利器，看起来也是对的。可这事情是不是太大了？这应该你们自己去和合作方洞察者谈啊，我能做什么？"

"我们一直合作得很顺利，大框架当年都是双方认可的，中间还有一个X机构，所以也不能说动就动。动要有理由，对不对？这次叶望的事情，是有疑点的。首先他到底为什么求助你，又是怎么解决的，我们作为合作方对此一无所知，我猜这里面藏了东西。现在他又这么死了，看似正常的死因，放到整个大背景下面，就显得很不正常。我们当然会追查，但你是叶望的朋友。"

老郭说到这里停了一下，看看我，问："还算吗？"

我叹了口气,点点头说:"算吧。"

"那行,我希望你可以调查一下你朋友到底是怎么死的。用你自己的方式。"

"说得好像我有什么特殊方式一样,这些年我觉得自己光是能活下来,就是撞了大运。"

"我说的就是你的运气。"

"认真的吗,你?"

老郭哈哈一笑,伸手拍拍我肩膀。

我也笑了一下,随即肃容轻叹。

"还有就是,叶望死后,我觉得洞察者方面没准还会找你。"

"明白了。不过现在,先带我看看小望的事故现场吧。"

四、你会感谢我

下起雨来。雨刮器越打越快,把片片雨水驱赶到两侧,无数细流自闪着黄灯缓慢行进的车辆上披落,在高架桥路面内侧汇成浊浊波涛。我恍惚间觉得车正载波而行,但骤雨不终日,等到下高架的时候,落在挡风玻璃上的雨已经滴滴可辨了。

眼前十字路口的西南角,有一块用三角锥围起来的空地,禁止车辆行人入内。

"还拦着呢?"我有些意外地问。

"多拦一会儿。我觉得你是要来看现场的。"

老郭把警车靠着三角锥停下来,让我等一下,自己去后备厢拿出把长柄伞。

"车上就一把伞,咱们挤挤。"他拉开副驾门对我说。

伞不伞的这时对我已经无所谓。知道一个熟人死,和站在他几小时前死去的地方,是全然不同的感受。前者是模糊的符号化的认知,多多少少还可以逃避,而后者,也就是现在,呼吸的空气,忽浓忽淡的雨雾,吹来的风,踩着的路面……所有这些都在丝丝缕缕地传递着某种属于小望的信息,它们拼不起一个完整的形象,是变化扭曲的,甚至是有声音有气味的,让我连打了几个哆嗦。

老郭见惯生死,又不认得小望,所以完全没有我的感受。他走进隔离区,用手指向一个方向。

"那是他最后的位置。"

风卷了一团雨拍打在地面上,噼里啪啦的雨珠在地上跳动,回光返照似的沸腾了片刻,又寂静下来,恢复成湿漉漉的平静。柏油路面吸饱了水,泛着黝黑的光泽,仿佛黑土地。老郭指的地方有白漆,那是左转待行车等候区标识的一部分。白漆上有些痕迹,似乎是历久的斑驳,又像是新染的污渍。我的注意力无法长久地集中在上面,焦点时而模糊时而清晰,故此不能得出准确的结论,奇怪的是,尽管如此,我也移不开自己的视线。

"事发时间是今天早上五点五十六分。根据肇事司机的供述,当时他驾驶一辆集装箱货车沿路由南向北行驶,到路口左转向西,绿灯,转弯最高车速不超过三十码。"我听见老郭在旁边说。

"当时没有下雨,视线良好,他见有一名行人,也就是叶望,正由西往东走。虽然叶望没有走在人行道上,而是走在了路口的车道边,但因为步速不快,也没有表现出想抢红灯过路口的样子,所以司机没有停车,而是往稍远离叶望行进的方向绕了个大圈继续左转。叶望的视线无遮挡,可以看见驶来的货车,司机照常情推测,觉得叶望会停下来。由于疲劳驾驶,他没有始终关注叶望,等到弯转了一大半,他往左侧看了一眼,发现见不到行人,后视镜里也没有,连忙刹车,但碾压已经造成。我看过监控,基本符合司机陈述。叶望走在长车内侧,车辆转弯时被卷入车底,胸腹部被碾压,没有遗言。"

在此交会的两条路,一条双向六车道,一条双向四车道,所以十字路口比较宽阔。我望向右侧,那是肇事货车的来路,由于此刻左转车道被临时禁区挡住,左转车辆占用了中间的直行车道,加之下雨,路口拥堵排起了长龙。长龙之前,行人绿灯亮着,一柄柄伞慢慢移动,伞下不少人投来好奇的目光。我想象天光倒回,雨雾散去,眼前车辆行人俱都消退,远处一辆大货车挺起远光灯呼啸而来……

不对,那车并不快,到了近前更是慢下来,所以……我转过身,打量着眼前这一方区域。小望在这里踽踽独行,必然在思索着极重要的事情,完全沉浸在自己的世界里,才会忽略了如此庞然的一辆来车吧。他绝不是想自杀,我从未见过有人以这种方式自杀。

"其实他在这个路口待了差不多五分钟。"老郭说着往东面一指,"叶望是从这个方向走过来的,到路口他没走直线,绕了270度的一圈来到出事地点,而且他走走停停,甚至中间在靠近路中央的地方停了一分钟。"

"他在干什么?"

"他停下来看星星。不，那个时候都没星星，他就是看天。也许天上有什么奇怪的东西？那监控可拍不到。要我说，他就是在发呆发傻，他完全在自己的某个情境里。"

老郭和我想得一样。

"他的走或者停，可能都是无意识的。在走到这里之前，他至少已经走了一个半小时。"

老郭接着报出一串路名，勾勒出小望今早死亡前的行进路线。

"一个半小时走了这点路？也就三四公里吧，他中间停留过哪里吗？"

"他便利店都没进去过。说了他走走停停啊，中间两次坐在马路牙子上，看监控就像在发呆。也没有发现他和人发生过接触，连手机也没看过。他就像个游魂。"

"对了他手机呢，有什么发现吗？"

"手机压坏了，在尝试恢复，没这么快。随身物品中也暂时没发现线索。哦对了，有个奇怪的东西，他手上戴着个电击器，一开始我们还以为是手表。"

"什么？电击器？"

"嗯，一定条件下会释放微弱电流，就像被针刺似的，对身体倒是不会有实质伤害。"

我想起前天和小望碰面时，他手腕上戴着的东西。

"一定条件是什么条件?"

"长时间静止不动的话就会释放电流。"

我一时琢磨不出究竟,先记在心里,回到原先的思路,问:"昨天晚上叶望从哪儿开始走的?起点在哪里?"

"我出来的时候监控还没回看到头呢。不过看路线呢,应该是他家吧。我问一下。"

老郭拨了个电话,问了两句话,然后给了我确定的回答。

"他就是从住的地方走出来的。"

"你们打算搜查住所吗?"我问。

老郭摇头:"这不好办。一来叶望死于交通事故,我们没理由强行进入他家搜查。二来叶望的身份特殊,他家里肯定有和洞察者组织相关的东西,从双方合作上讲,我们也不适合搜。"

他说完这两句话,拿眼睛瞪着我。

我点点头,说:"地址,钥匙。我来。"

老郭只给我了地址,没给钥匙。一来他没钥匙,二来身为警务人员,他暗示我自行调查已经算违规,再给我创造破门入户的条件就违背了他的原则。我对这种原则是嗤之以鼻的,又要马儿跑得好,又要马儿不吃草,有这样的吗?我说我又不会开锁,又没有小望那天晚上的设备,要怎么进他房间?老郭说你混这么多年,这能难得倒你?好家伙,说得我是贼祖宗似的。

"我真没这技能,当然我可以找人,但你觉得找个外人合适吗?"

"反正你自己想办法,而且最好速度快一点。对了,你是现在我们唯一能联系上的叶望的亲友,如果你想去看看人,我帮你联系一下,你这会儿就可以去看的。"

我摇摇头。

"最后一面还是要见的。"老郭说着开始打电话。

哪有这样硬按着我去看朋友尸体的?我极度不适,又觉得古怪。我想想他刚才那句话,话里意思也有哪儿不对劲,让我快点去小望家里,又让我现在就去看一眼小望,这不是自相矛盾吗?他这话里肯定藏着别的意思,现在和老郭说话怎么这么费劲呢,一句藏着一句的。

我正琢磨着,老郭已经打好电话,把地址和联系人发到我手机上。

"做点准备再去啊。"他说。

"他的样子很……"我问。

老郭"啧"了一声,眼珠子都要努到我脸上了,我觉得这一刻他脸上写了四个大字"你行不行"!

"心理准备很重要,那也不能光心理准备啊。"

我有点明白过来。

"准备蜡模?我上哪儿找去?"

老郭牙缝里挤出三个字:"橡皮泥!"

接下来的事情我不想详述。小望已经被运到殡仪馆冷库,白布盖身,只露了两只青色赤脚。我掀开一角看了看他的脸,不算狰狞,但也不太熟悉了,毕竟留着的只是皮囊,真正熟悉的那部分已经消失。我没再往脑袋下面看,本来都在尸检了,因为老郭的电话临时停下来,胸腔肯定都打开了。人自然是脱光的,随身衣物放在旁边的袋子里,领我看尸的人早已经走开,留我一个。人出门总得带钥匙,当然现在有指纹锁密码锁,但老郭话里的意思很明显了。我没费多大劲就找到了钥匙,一串大大小小五把,全都用橡皮泥做了模。配钥匙比较费劲,我实在编不出好理由,只能用钱砸,最后把价钱升到五百块配一把,就这样还被拒了三次,第四家钥匙摊老板拍了我一张照片,说你可不能拿我钥匙做犯法的事儿啊。我不禁想起了那晚小望撬开郭昌明的房门,我在进去前也做了类似的事。

小望住在一个相对普通的小区,这多少有点出乎我的意料。洞察者组织显然是棵大树,他这么多年下来也是资深成员了,住宿多半是可以报销的,我还以为他会租个高档社区呢。又或者这是他自己买的房子。小区应该是上世纪末建的,有高层有多层,外墙因年久而失了原本的色泽,黯淡灰沉,绿化倒是不错,处处可见大树成荫。小望住一楼,找起来不容易。我找对了门洞,跟着一个外卖员进了楼道大门,绕了两圈没找到101室,回到门禁处,发现通话按钮上根本就没有101室,只有102、103、104,而二楼往上倒都是有01室的。问了人才知道101室有单独进出的一扇门。我立刻就明白了小望为什么选择这里，单独进出隐私性好，我刚才进小区也没有保安问找哪家，出入宽松。这和在南昌接我的那辆商务车是一种风格。

找到101之后，我先看了一下窗户，要么拉着窗帘，要么贴了反光膜，看不清楚里面。我按了三遍门铃，无人应答，然后就开始试钥匙。门有两道，试到第二把开了防盗门，房门倒是一次就对。屋里有灯，我吓了一跳，然后想起来小望是半夜离家的，以老郭描述的那种监控里的状态，出门还记得关灯那才不正常，空调也是开着的。我反手把门拉上。

进门有屏风挡出一个玄关，绕出玄关是厅，左边餐厅右边客厅，餐厅连着移门拉了一半的厨房，客厅最南头是关着门的阳台。客厅餐厅衔接处有向东的通道，想必连着卫生间和卧室。以餐厅加客厅五十平往上的面积推想，这至少是个两卧的房型。客厅一盏多头水晶吊灯，餐厅是枝状的有色玻璃吊灯，都是拼花地板，中式复古风格家具，墙上有中央空调和地暖的控制面板。整套房子装修得很不错，与大楼外观形成了反差。是小望的风格，达到目的又不亏待自己，我想。站在一个陌生的房间，根据枝节推想主人的种种，希望可以找到隐藏起来的东西，这正是小望擅长的吧，他可曾想到自己的房间也有被闯入者审视的一天？

我摇摇头，驱散涌起的情绪。

房子装修得很好,但维护得很糟糕。玄关区的混乱一开始就惊到了我,鞋柜的门开着,地上散了四双鞋,两双运动鞋,一双船鞋,一双镂花皮鞋,看上去尺码相同,应该都是小望的。换鞋凳上扔了一把雨伞和两个全家的塑料袋,一个空着一个里面装了罐可乐。我甚至犹豫了一下要不要脱鞋,当然最后还是脱了,越是乱越是要保护现场,谁知道我会发现点什么东西。

长方形的餐桌边有六把餐椅,两头的餐椅推进桌下,余下的有三把不同程度地拉开,歪歪扭扭。桌上有两个塑料袋,一次性筷子从扎起的袋子口处支出来,我拉开袋口,里面有四个外卖盒,盒子上印着餐厅的名字,是一家米其林。我觉得一个人吃这些多了点,但确实是只有一双筷子,我犹豫了一下要不要打开盒子看他都吃了些啥,还是算了。另一个袋子是散着的,里面叠了两个圆形外卖塑料盒,外卖标签还在,来自某知名小龙虾店的一份十三香口味中份小龙虾,及一份酒醉口味中份小龙虾,下单时间是今天凌晨一点四十分。塑料盒是透明的,可以看出这两盒小龙虾并没有动过。是点完之后又没了胃口?桌上还有个巴黎水空瓶子,一个烟灰缸,缸里三个没全抽完的烟蒂。

我往厨房瞥了一眼,发现垃圾桶之外,居然有三个黑色大号垃圾袋靠边放着,那袋子的大小都足够把一个人切三份放进去了。我当然知道这样的联想很不靠谱,但这么大的黑袋子杵在那儿,无论如何都会给人很不寻常的感觉。我走进厨房,闻到一股轻微的有机物腐败的味道。袋口都打着结，我解开一个，展开袋口的时候稍稍侧了一下头。气味从里面被释放出来，并不是我担心的那种味道，往里面瞄一眼，发现只是生活垃圾而已。外卖餐盒、食物残余、空瓶子，主要就是这些，其中有大量的浪费，看起来桌上的小龙虾并非偶然。

我分别试了三个垃圾袋的分量，都差不太多，也就没有解另两个袋子。可是他为什么不把这些扔掉呢？我又看了眼打开袋子里的垃圾，发现没有分类。在上海没有分类就扔不掉垃圾，但不分类这么堆在家里，最后处理起来更麻烦，这不是给自己找事吗？我皱起眉头，弯下腰用手挤压垃圾袋，让埋在下面的垃圾翻一点上来，依然没有看见什么出奇的，等等……我看到了一个避孕套，用过的。所以小望有女朋友，并且最近来过，她也许了解些什么。

厨房里除了三个垃圾袋，一眼望去没其他异常。我想他最近一定没开过火，否则以这几个垃圾袋的德行，水槽里不会空空如也，应该堆满锅碗瓢盆才对。我打开冰箱，里面有些水果和饮料，大半空着，冷冻层也没值得注意的东西。我回到餐厅，开始打量起桌椅边角和墙面，在厨房我弯腰察看垃圾袋时，顺便注意到另一个略显奇怪的事情，于是把所有橱面和冰箱外立面都扫了一眼，这时再看餐厅的类似角落，发现情况是一致的——包括桌椅角和橱面边角这些在日常使用中比较容易磕碰的地方，都维持得很好，靠近地面的墙也很干净，没有明显污渍。如果整间屋子是窗明几净的，那有这样的维护很正常，但如果小望一直有着我现在看到的这样混乱的生活习惯，怎么可能保持这些地方的完好和洁净呢？只有两个可能，要么小望刚刚搬到这里，要么小望的混乱生活习惯，是最近才出现的。

揣着这样的疑问，我走进了客厅。客厅里最显眼的是茶几上的避孕套包装盒，一盒三只，盒内还剩了一只，先瞧了这个，我再去看长沙发上的皱痕和乱扔的抱枕时，不免生出联想。真正重要的东西反而因为这情色的想象晚了一步被发现，其实那玩意儿就摊在茶几上，离避孕套盒子两尺远。那是巴掌大一张摊开的皱纸，底面是银箔或锡箔，纸中间有一撮白色粉末。我没去闻也没去尝，我没有相关经验，分辨不出细类，但八成是毒品类的违禁物。还有一个没打开的粉色小纸包，我捏了捏，里面是药丸状的几颗东西。小望吸毒？这实在出乎我对他的一贯认知，也一定出乎老郭的认知，因为他在初步分析小望死因时，显然是把吸毒这个因素剔除的。如果尸检结果出来，小望是吸完毒半夜在街上游荡，那因为神志不清而被撞死就可以理解了。

没想到小望人前人后，竟是如此不同！这个念头生出来，立刻又被我否定掉，人固然有两面性，但这两面之间一定是有线连着的，是同一个内核，因为不同的需求而表现出不同的模样来。往往我了解到人的另一面，不会觉得"他竟然是这样"，而是觉得

"他果然是这样",这么多年我也算走南闯北见多识广,看人是有自信的,怎么会一点儿蛛丝马迹都觉察不到呢?或者说我这回在小望身上走了眼,但老郭那眼睛多毒啊,他也走了眼吗?

我从进这屋开始,才只到了厅和厨房,就感觉到了强烈的不和谐感。这不和谐不仅仅是说我印象中的小望和这间屋里的小望之间的不谐,而是说我接收到了很多相互矛盾的信息。屋子的混乱程度和屋子本身的良好保养是矛盾的,小望的吸毒和他在我及老郭面前的表现是矛盾的,包括毒品和避孕套在屋子里乱扔这种不严谨的行为,以及小望的一贯表现,以及他的身份职业也是矛盾的。那么多矛盾集中在一起,一定意味着什么,但我还想不出。

接着我在卧室的床头柜上又看到了一盒开过的避孕套,床当然是没有铺过的,薄被半掀着,许多件衣服扔在床边的长凳和沙发椅上,不知道是否穿过,这些乱糟糟的衣物让我感受到一种焦躁不安的情绪。衣服都是男式的,我看过衣橱,看过主卧套内卫生间和对面的卫生间,都没发现有共同生活人的痕迹。我不禁开始怀疑出现在这房里的另一个人,是不是另一些人?小望到底是有一个情人,还是有一堆炮友?

最内间是书房,书桌上有一盒雪茄,我不懂雪茄,只能从精美的盒子推测应该价格不菲。可是我听说人只要开始抽上了雪茄,就不会再抽卷烟了,因为会觉得烟不够劲儿,所以这又是一处矛盾。书房的橱里有书和一些摆设,但我先盯上的是电脑。那是放在桌上的一台笔记本,我打开按下开机键,几秒钟后屏幕显示让我输入密码。我输123456,错误。他的生日是什么来着?我发了个微信去问老郭。等候的时候我试着又输了888888,就听见一阵低沉的"嗡嗡"声从电脑里发出来。不像是风扇声,屏幕上也没有变化,没等我想明白,一股烟就冒了出来,随后闻到浓重的焦味。我惊呆了,两次密码输错竟然自毁?连第三次机会都不给的吗?如此强硬粗暴!

后悔已经来不及了,既然已经启动了自毁,里面的数据肯定毁得干净彻底。被这么守护着的资料,当然是最重要的,我把事情搞砸了。

我对着自杀的电脑发呆,那烟还在一股一股地冒出来,简直是在嘲笑我。等等,怎么还在冒烟,这电脑不会是要烧起来吧。我跑去厨房打水,又觉得会把书房弄得一团糟,不如把电脑扔进水池,反正数据肯定是回不来了。我再往回跑,经过厅里时突然听见门口有动静。

"吱呀"一声开门响。我吓了一大跳,却见房门并没打开,醒悟是防盗门的声音。但也不剩几秒钟了,有人从外侧轻推,房门往内微微一顶,然后锁钥声响起。我再顾不得冒烟的电脑,直冲阳台。这里是一楼,从阳台翻出去很简单。阳台门是锁住的,当然从内侧可以打开,着急慌忙间我折腾了好几秒钟,紧张得后脖子都僵了,觉得门随时都会开。终于把阳台门移开,正要出去,突然意识到鞋还脱在门口!一瞬间我想飞速冲回去拿鞋,随即克制住冲动,这当口还怕给人知道屋里有人吗,书房里的电脑可还冒着烟呐,鞋子算啥,早早逃离是正经。

我反手拉上门,随即意识到自己身处一个从客厅延伸到卧室的长条封闭阳台中。一楼人家的防盗措施害苦了我,虽然没有影响美观的防盗护栏,但取而代之的是大面积双层钢化玻璃。我飞速扫一眼,卧室那头有侧窗,蹿过去的时候余光瞥见房门被推开了。许多的信息在电光石火间一同涌来,比如房门打开的速度明显偏慢,这才给了我逃离的时间,比如我刚才近距离听见门口有一种似曾相识的嗡嗡声,抽插销推侧窗时才记起是在郭昌明家门口听过——来自小望的特殊开锁工具,所以进门者和我同样是非法侵入,窗台高到我可能得踩住旁边的桶上才能翻出去,小心别弄出声,但逃得够快的话有声音也没关系吧……接在所有这些信息之后的,是面前窗户的尺寸——这是两扇挨着的窄窗,无法完全推开,单扇空间肯定不到二十厘米。我绝望地试着伸脑袋,不出意外地卡住。很显然,如果不做成这样就没有了防盗的意义,要是我有时间把窗给卸下来,多出的几厘米也许能让我出去,可我有那时间吗?

书房有窗吗,能不能翻出去?我不记得了。我试过卧室这头的阳台门,是锁住的。那就没路了。

我长吁一口气,反而放松下来,心情一平静,脑子也清楚起来。来人多半是洞察者组织的,想必得知小望死讯,也觉得另有内情,所以才来这里调查。从这个角度说,我们的目的是一致的。这样一个人进了屋子,如果注意到门口脱着一双尺码有异的鞋,又闻到了烟味,会是什么反应呢?当然是大吃一惊,赶紧提起十二万分的小心,防止自己被先闯入者袭击。我们这是麻秆打狼两头害怕呀。

进门的人要么在玄关进退两难,要么循着烟味去了书房,一时半会儿不会想到来阳台,所以我还有点时间想对策。我往客厅方向挪了两步,这样不管从客厅还是卧室都看不见我。我打量一圈阳台,想看看如果发生肢体冲突,能拿什么当武器。武器没找到,却注意到了窗下的桶。那是个铅灰色金属桶,洗拖把的那种,里面烧过东西,余下了半桶黑灰,旁边墙面有烟熏痕迹。为什么要在这里烧东西?祭奠用的锡箔?不,黑灰中露了一小截白色残纸。好想看看纸上剩了什么信息。那个人此刻会进卧室吗,要冒这个险吗?

我正犹豫,手机"当啷"一声响。这是来了新微信,可于此刻响起,动静大得要让我跳起来。阳台门隔音怎么样,如果是双层玻璃也许客厅里听不见?我立刻放弃了幻想,必须做最坏打算!

我把电话放在耳边,放开声说话。

"郭局,叶望的尸检结果出来了吗?对,是的,我已经进入了叶望的住所。"

我借此表明自己正在与外界联系,并且伪装警方身份,试图打消侵入者可能的暴力倾向。说完这两句话,我往客厅方向跨了一步。

下一刻,我与一双眼睛隔着玻璃对个正着!

那是一双带着血丝的眼睛,眼珠子格外大,可能是近视镜片的放大作用?她戴了一副黑框眼镜,苍白的面色让雀斑在突出的颧骨上格外明显,黑眼圈也没能完全被眼镜遮住。消瘦,她应该是能更好看些的,这年头很少还能在上海看到这样无心修饰自己的女人了,纯素颜而不是素颜妆,就是起完床只梳了个头的程度,甚至短头发都像是嫌麻烦才剪的。那感觉像女程序员,不不不,程序员不会这么瘦,像个在课题组里被翻来覆去虐的研究生或者博士生。

她瞪起眼睛看我,倒真像个洞察者,但手里紧紧握着的东西出卖了她的心情,我猜那是个电击器。当然我也不想挨一下,假装又讲了句电话。

"郭局,我这里有点情况,一会儿再打给您。"

我收了电话,敲了敲窗。她立刻往后退了一步,像只受惊的鹌鹑。我指指她手里的东西,她反而示威似的举得更高了。我把阳台门拉开一条缝,让声音可以更清楚地传过去。

"警察。你干吗呢,把手里东西放下来!"我唬她。

她犹豫了一下,垂下手。

我拉开门。

"洞察者的?你来这里和我们申请过没?"

"你刚才给谁打电话呢?"她开口问我。

"是我在问你!"我肃容喝问她。

"你要是真拨过电话,算我……"她顿了一下,似乎没想好算她啥,转口又说,"或者带证了吗,这位便衣的同志?"

那口气挑衅至极。

"呃。"我被她问住。

她垂下的手突然眼镜蛇一样翘起来,朝我胸前一送。

"嗞"。

我吓得赶紧往后跳,后腰重重撞在窗台上,生疼。却忽然发现那声音其实是嗡嗡的,有个金属头从"电击器"端口伸出来,开始转动。

这是她用来开锁的玩意儿!

她"咯咯咯咯"地笑起来。与其说这是恶作剧得逞时的欢快笑声,倒不如说是接近歇斯底里的神经质,我从这笑里一点儿也感觉不到开心。

"你这……干吗呢?"我挂不住一张老脸,气势是彻底泄了,但还是硬着头皮往前走一步。

"嗞嗞",那金属头忽然冒起电火花,这东西居然真能放电,多功能啊！我重心还没立定，来不及再跳回去了，只能塌胸收腹尽量往后一缩。好在她没真的把电击器送上来，示威性地打了个火花就收了回去，反倒把另一只手伸了过来。

"那多吗？久闻大名了。"

我尴尬地和她象征性握了个手，感觉整个场面被她完全拿捏死了，被动得要命。这女人可真不简单。

"原来你认得我啊。"我讪笑，"怎么称呼？"

"Miranda。"她收起笑说，"叶望突然死了，我来调查这事，他生前在组织外有什么朋友、近期和谁联系过，当然要有个基本了解。我两小时前才看过你的照片，真巧。"

"朋友？"

"对啊，他是你粉丝啊。"Miranda说。

小望真的是我粉丝！他后来看我小说，那些表达出来的喜爱都是真的啊！可在他死前几天，我居然在茶馆里说出那种话！

巨大的内疚击中我，鼻头一阵发酸，几乎要哭出来。

我强忍住情绪，尽可能保持表情平静，如果真让眼泪流下来，此时此刻也太过奇怪。但Miranda似乎觉察到什么？深深望了我一眼，仿佛要说什么，又忽然转身就走，把我一个人留下。

我深呼吸了几下，刚走进客厅就听见里面房间爆出一声英文粗口，随后Miranda冲回客厅，冲我喊："你干的好事？"

"没烧起来吧？要用水浇一下吗？"

Miranda气得脸都涨红了:"你知不知道自己干了什么,那里面可能有叶望死亡的关键线索!"

"可能有,也可能没有。再说我怎么知道输错两次密码就自毁。"这一刻我忽然觉得,虽然干了件蠢事,但反倒把场面扳回来一点。

"那是因为摄像头识别不是叶望本人操作,所以才只允许输错一次密码。"

"但里面的东西不会自动传上云端吗?我觉得你们组织应该有这样的安全备份措施才对。"

"那得看具体是什么数据了。"Miranda脸色稍稍放松了一些,看起来至少电脑里大部分数据应该是会上传云的。

"要聊一下吗?"

我在沙发上坐下来,屁股还没沾实,Miranda就叫起来:"喂你别破坏现场,我需要先看过现场再说。"

我只好站起来。其实她并没有对沙发做什么不得了的检查,我看就是心里对我不满意,找茬儿为难我而已。

老实说这根本不算什么现场,如果一定要把 Miranda 在我面前的这种东一榔头西一棒槌没头苍蝇似团团转的行为称为现场勘查的话,这水准比我都不如呢。其实她年纪比我轻资历比我浅,不如我很正常,但小望在这方面是非常在行的,我本以为她也是如此呢。

我双手抱胸旁观了一会儿，实在忍不住，便提点了她几次。先是引她看茶几上疑似毒品的那两件，把她吓了一跳，之前她是看到的，可完全没往毒品方面想。也许她极聪明，但社会阅历方面明显不足。她说叶望不吸毒的，他怎么可能吸毒，我说那他怎么可能就这么死了呢，她就不响了。我又带她看了厨房垃圾袋，说了我发觉的疑点，最后是书房里的雪茄。这一路看完，Miranda看我的眼神变得有些不同。

"你比我早到了多久？"她问。

我耸耸肩："十分钟？十五分钟？"

"有点道道啊，如果没把电脑搞坏的话。"

我尴尬地笑笑。

"所以真是特事局让你来这里做调查的吗？"

我犹豫了一下要不要把老郭卖掉。

"小望是我朋友，他的死，特事局没有答案，但我想知道答案。"

"我们也想知道答案。"Miranda说。

我见她在看避孕套盒子，就问她认不认识小望女朋友，那会是重要线索。问女朋友而不是老婆，是觉得满屋子扔避孕套的男人不像结了婚，哪怕他四十岁。

"认识的，"Miranda看着盒子说，"她在新加坡。"

"现在在新加坡吗？"

她盯着盒子不知在想什么,隔了一会儿说:"她工作在新加坡。"

我不禁替小望尴尬,有心想帮他分说两句,却实在不知如何下嘴:"哎呀这个两地嘛,这个多少也能理解……"

"不能理解。"Miranda 把目光从花花绿绿的包装盒移到我脸上,说,"就像你刚才说的,这间屋子里有太多东西,都和他的死一样,不能理解。"

这决然的口气,令我意识到恐怕小望在男女关系方面的一贯形象,和这屋里的避孕套又构成了一重矛盾。

"但你们是洞察者啊,我知道那个洞察者计划,连你们都不能理解吗?"

"洞察者也有不能理解的东西。那先生,你知道吗,叶望本来是一个解决者。"

"什么叫解决者?"

"洞察者遇上不能洞察的人,他要负责解决。"

她见我脸色变了,忙补充说:"不是你理解的那种解决,我们可没那么暴力。这样吧,还是聊一下,本来想换个地方,但这里好像也可以。"

我却没有在沙发上坐下来。

"还有个地方,我都没来得及细看,也许有重要线索。"

我把 Miranda 引到阳台,一起蹲到桶边。

"烧完浇过水,灰里复原不出东西了。"Miranda说着,小心翼翼用两根手指夹出那张残纸。

那是一张A4纸的残边,只余我拇指大小,所以不管原纸是打印还是复印了内容,按正常排版都不会有信息留在残边上。

但上面居然有字。我想那是烧后另用圆珠笔留的。

不管你是谁,你会感谢我。

我和Miranda面面相觑。

小望究竟烧掉了什么东西,以至于要让我和Miranda来感谢他?不,不是我们两个,他的意思,是世界上的任何一个人,都要因此而感谢他!

毫无疑问,这就是他死亡的关键所在。

五 拥有黑洞的人

我和 Miranda 坐在小望的沙发上，我等她开口，但她一直没说话。我听见她呼吸很重，不晓得她为什么心潮起伏，便也不说话，等她。两个陌生人在一个陌生的房间里想一个熟悉的人，沉默间觉得屋里的光线都在一点点黯淡下去。

Miranda 手支在膝盖上，上半身慢慢前倾，和茶几贴得越来越紧，直到一次吐气时拂动了白色粉末的垫纸，才又重新抬起头。她伸出手，挑了点儿粉末在指尖，这让我吓了一跳。

"你干吗？你……别试啊。"

她收回手的时候碰到了避孕套盒子，之前她一直没有注意这东西，至少看起来是这样，但这轻轻的触碰一下子打开了某个开关，她"呀"地大喊了一声，抡起胳膊在茶几上一扫而过，把茶几上的所有东西——避孕套盒、白色粉末、小药包全都打飞出去。

声嘶力竭的喊声还在客厅里余音回荡，Miranda 的脸上就淌下泪来。她双手覆住面庞，不出声，只是抖，泪水顺着下巴滴落，顺着她的胳膊肘滴落。我惊愕地瞧着这一幕，不知道该说什么好，突然之间明白过来。

"你就是他女朋友,对吗?你就是叶望在新加坡的那个女朋友!"

Miranda 掩面起身去卫生间,几分钟后回来,已经收拾好心情。

"对不起。"她说,"我就是他女朋友。今天早上,我刚刚结束隔离。大概从半个月前开始,我觉得叶望有点不对劲儿,就申请回国看他。还是没来得及。"

其实 Miranda 说的不对劲,主要是指感情方面。两个人同属于洞察者组织,什么时候认识的,好了几年,在这样的场合,Miranda 当然不会说,我也不便问。但长期两地恋,总得有相当的感情基础才行。这个感情基础在最近动摇了。

"一开始是他忙,联系得少了。他负责解决一些问题,所以时常要出些外勤,所以我也没在意,但是后来我和他通电话,总觉得他心不在焉,原来可以聊很久的共同话题,包括一些他原本会感兴趣的东西,忽然就敷衍了起来,而且电话越打越短。本来我就计划来上海休假的,他这副样子,我就提前了。"

Miranda 说这些的时候盯着茶几,仿佛那盒避孕套还在上面似的。

"我怕夜长梦多,还特别申请了多重血清筛查,这样只需要隔离七天。"

"那是什么?境外入境不是一律隔离十四天的吗?"我奇怪。

在此稍作解释，我也不知道你们看到这篇手记是在什么时候，世界有没有变好一点。在我目前的时间点，即2022年，全球范围内的新冠病毒疫情仍未退去，入境中国，一律都要执行十四天的严格隔离才行。

"一种病毒筛查方式，可以比通行方式更早发现病毒感染，所以只需要隔离七天。因为有局限性，所以没对公众开放。"

"什么局限性？"

"新技术检测设备少，能执行检测的机构也少，确切说全国只有两个实验室。还有么就是贵咯，两天抽一次血，一次八管，六千人民币，这还只是我自己负担的百分之三十的部分。前后一共要抽四次血，你算算。"

我立刻心平气和，我这样的普通人还是乖乖隔离十四天吧。

"我飞机飞回来，隔离的时候给他打电话，打视频，他一开始还接一下，后来直接就摁掉不接，消息不回了。本来我还在想，要么隔离好了我也不见他了，没意思了，分手分得这么难看，这个人我是看走眼了。没想到隔离好了，他死了。"

我不知道该怎么安慰她，只有沉默。

"我主动向上面申请，我来做调查工作，毕竟这里面是有蹊跷的，果然是有蹊跷。那先生，那老师，谢谢你作的分析，之前听叶望提过你，今天看的背景材料里也有你从前经历的简单介绍，叶望是你的朋友，你出现在这里，说明你也想找出他死亡的真相，对吗？接下来希望我们可以继续就这个目的展开合作。"

"没问题。但是要合作，就得有基本的信息共享。刚才听你说起你们之间感情关系的变化，这个时间点，和我感觉他对我态度发生变化的时间点大致相符。我说的他对我的态度，和之前他找我帮忙有关。"

尽管我认为同为洞察者组织成员的Miranda应该知道这件事，但还是简略提了下小望在武汉找到我，把我拐到南昌夜探郭家的事情。

"看来你了解一些洞察者计划的事情，最近找过特事局的朋友？"

"我和老郭熟。"

"华东的郭局？他和你说了多少？"

"不少。但我想从你们的角度再了解一遍。"

我想诈诈她，但没成功。

"真说了不少你也不是这么个问法，当然，必要的信息我都会说。洞察者计划你了解到什么程度？"

"这是你们和特事局合作了十几年的大项目，也许X机构也有参与？你们提供技术，特事局提供数据。我只知道这么点儿大概。你从头说吧，说得细一点，免得漏过线索。"

"说得细一点，回头您再给写成小说公开发行？"

"那都会改，哪能照实写，再说照实写了读者真能信？"我讪讪笑道。

Miranda 嗤笑一声，也不点破，凝神稍作思考，不知是否在琢磨哪些能说哪些该藏。

"那就……从我们的理想开始说吧。"她说。

"说到我们的理想，你别觉得是邪教组织很偏执的那种，我们的理想，其实就是人类从古至今的理想。"

我做出全神倾听状，心里却想，每个邪教组织说起自己理想时都是这样，把自己说成人类大同的代表，不过洞察者和特事局有官方合作，应该不会太离谱。

"从远古开始，猿猴开智，直立行走，认知天地万物，都有一个共通点，就是总结规律。怎样才能更好捕猎、怎样才能更好逃避天敌的猎捕，到后来如何生火、如何保存火种、如何放牧及耕种，认知的规律越多，人就越文明，直至后来有了自己的文明。这种寻找规律的努力，其实就是从不确定中寻找确定性。数学、物理、化学、生物，乃至心理学、社会学、历史学这些人文学科，都是不断地在无序中探索有序，在增熵中寻求减熵，在混乱的宇宙中寻找坚实地通向前方的唯一道路。这样的探索中，人类屡屡反复，往往以为接近终点，求得完美之时，又被打回原形，再重新出发，而在这样的循环中，人类文明也变得更辉煌灿烂。"

我相信 Miranda 是一个纯粹的理想主义者，因为她在说这些话的时候，脸庞慢慢红润起来，眼睛里也亮着光，竟似已从这间混乱悲伤的小屋中挣脱升华出来,畅游在人类文明未来的辉煌中了。

"而洞察者组织,洞察者计划,就是在人类行为学、社会学乃至历史学领域,探索一条目前看来极有希望,甚至是最有希望的路——一条通向确定性的路!它将解决人往何处去的命题。"

"愿闻其详。"我很配合地说。

Miranda当然能听出我这句文绉绉假模假式的话背后的意思,却并不以为意。

接下来她说的东西,其实和老郭告诉我的大同小异。有异之处,除了更细致一些,多了些我不太懂的术语,就是光环下的理想主义了,我自动略过。

"所以,弄到最后,你们就是想要计算出人的一举一动,进行预测,如果你们真的那么厉害,小望是怎么死的呢?他的死在你们的模型预测中吗?"

"我们不可能掌握所有人的数据,我们只把有充分数据的样本代入模型中运算。我们自己的成员,包括合作方成员,都是不搜集生物数据和行为数据的,不允许对这些群体分析预测。"

我冷笑了一声,说:"为什么呢?"

"离得太近,数据会有扰动,这是无法避免的。当然,有些人也会有这样那样的顾虑,就和你想的一样,也和文明一路发展必然经历的波折一样。"Miranda淡淡地说。

"但是现在小望意外去世,我们要找出他死亡的真正原因,这种情况下,也不能利用一下你们的那个模型吗?"

我问的时候,忽然想到那晚在郭家,小望几次在手机里看的那张图表,是否就是这所谓的模型呢,上面的曲线代表着郭昌明的行为模式吗?

"这当然是可以的,但我估计不会有很大用处。"

"怎么你们的模型又不灵了?不是预测郭昌明还很灵的吗?"我一半是吐槽,一半是真不明白。

"你知道叶望为什么被称为解决者吗?"

我当然不知道,Miranda也没有等我,继续往下说。

"最早还得追溯到洞察者和特事局合作之前,甚至可以说,洞察者计划这个合作项目,是因为这才诞生的。从你刚才的反应来看,郭局没有把这层给你点透。"

我一点都不尴尬,反倒精神一振。关键的戏肉要来了。

"在上个世纪末的最后几年里,我们在基因方面取得了关键性的突破,没过多久,我们又在先天基因和后天行为学的结合方面有了一个被证明行之有效的模型,当然和现在相比,那只是最初的雏形,但这意味着,从理论到实践之路已经打通。从那时开始,我们就不断往模型里填入合适的样本,观测结果,修正模型。当然,在和官方合作之前,我们没有适当的个体生物和行为数据收集渠道,所以样本数量很少,大概也就十万这个数量级吧。"

在那个连微信都没有出现,中文互联网才刚刚诞生的年代,能取得十万人的生物数据和后天行为数据,说明洞察者组织在那时就已经有相当规模了。

"第一个真正意义上的脱靶者出现在新世纪的第一年。"

"脱靶者?"

"是的,正常来说,你瞄准了一个靶子射箭,那么箭就应该插到靶子上。如果没有,那么也许你的手抖了,也许没有计算风速,也许没有计算抛物线,也许弓弦受潮了有点儿松,总之必定有一个原因,对吧?那在我们的模型里,我们有了这个人足够多的基因靶点,知道了他先天体格和先天性格是怎样的,然后我们还会有他后天的经历,包括生活条件、家庭教育、亲友、成长期的突发变故等等,所有先天后天因素都输入模型,那就可以画出一条人生曲线。"

曲线!我在小望手机里看到的,一定就是这样的人生曲线。

"这条人生曲线既是这个人过往的总结,也能对他的未来进行预测。当然,直到今天为止,这种预测依然不是具体的,除非我们能做一个把全世界信息都包括进去的巨大模型。在可能的未来,这种事情不可能发生。我知道有一个神秘的组织,有着领先时代几十年的科学水平,他们想做类似的事情,但还是失败了。某种程度上你也是亲历者,对吗?"

我耸了耸肩。听到她说洞察者不能进行具体的预测,我放松了不少。我当然知道她说的是什么,那个协会分崩离析之后,剩下的残部都堪称庞然巨物,溜走的某个非人类余孽至今隐在互联网深处。此前我用了两本手记来讲述他们的故事,希望此后再不会写到他们。

"可什么叫作非具体的预测呢?"我问。

"其实就是图表中的一条曲线。简单来说,一个人一天的行为轨迹,比如几点起床、几点出门、几点睡觉、去了哪里吃饭、浏览了哪些网站并点赞评论、游戏时长、看视频时长、和他人发生怎样的互动、看了什么书或影视综艺,等等,到现在总共有三千三百七十九个参考主系数和超过十八万的子系数,我们把这些因子综合起来,落到图上化为一个点。一年三百六十五天,三百六十五个点连起来就是一条曲线。"

"十八万子系数?那你们不是在拿显微镜看人?你们怎么做到的?"我简直目瞪口呆了,并且有一种被扒光衣服的羞耻恼怒感。

"不不不,有十八万个子系数不是说一个人一天有十八万条信息,这囊括了一个人活在这个世界上会碰到的所有事情的分类,十八万类其实还不够细致,还在不停增加中,可是,打一个比方,《康熙字典》那么多字,一个人终其一生真正会用上的字却少得多,实际上我们能搜集到的,也不过每人每天一两百条有意义的信息罢了。"

"那就这一两百条你们是怎么知道的?"其实一两百条已经很吓人了,比如我几点起床的你怎么知道的?我地铁上多瞅了人家大长腿几眼你又是怎么知道的?

"这不是我的职务范畴,了解得不多,就算了解得多,也未见得能告诉你。"Miranda倒是很坦率,"再说这和我要讲的也没大关系,你真要死抓着不放,去找特事局查。"

我心里不甘,被监控到这个程度的话,也太……但到底知道要分清主次。

"行吧,那你继续说,人生曲线,你要说的是这个吧?所谓的脱靶者,是不是他的人生曲线有哪里不对?"

"我刚才说了,一个人一天实际做了什么,会落成图上的一个点,根据我们的模型算法,一个人一天应该做了什么,又会落成另一个点。"

"什么叫应该做什么?"我有些不解。

"比如你碰到有人插队,你忍了,这是实际发生的,但是将你既往的先天后天数据代入模型,你应该和插队者争吵但不会动手,这就是应该发生的。那么这两个当天落点就会不一样。正常情况下,事实落点和预测落点,应该重合或者极其接近,两者的年曲线也应该这样。当两者曲线严重偏离到模型无法解释的程度,我们就称其为脱靶。"

"这种时候就说明你们的模型出现了问题,需要调整吧?"

"初期是这样的,我们的模型也在早期进行过许多次微调。但是现在,我们把这一类情况称为伪脱靶,我刚才说的第一个真正脱靶者,不属于这种情况。"

"不是模型问题的脱靶?"

"那是个二十三岁的内地二线城市女孩,父母在她幼时离婚,她由爸爸养大,很乖很孝顺,读完护校在卫生站上班。她的实际曲线和预测曲线有极大的偏离,当时首先考虑的也是模型修正,但始终找不出模型问题,所以就派了一个人去实际观察一下这个女孩,想多搜集一些参数信息。具体过程不说了,直接说结果吧,观察员最终发现女孩一直在被父亲性侵。这个巨大的后天变量我们缺失了,因为这是个隐秘的犯罪行为,我们事先没搜集到,把这个信息补进去之后,一号脱靶者的两条曲线就趋于一致了。所以这就是脱靶者,脱靶意味着目标有一个巨大的秘密,这个秘密通过公开途径搜集不到,但却深刻影响着脱靶者的行为模式。通常情况下,这个秘密与犯罪行为相关,而解决者,就负责找出这个秘密。"

我一时有豁然开朗之感。犯罪者会隐藏自己,受害者有时也会隐藏自己,犯罪会深刻改变一个人,于是模型就对不上了。

"怪不得特事局会同意和你们合作,怪不得叫洞察者计划。这是帮公安抓社会上的隐藏罪犯啊,等等,郭昌明是脱靶者,而小望是解决者,所以他知道郭昌明肯定有隐藏的犯罪行为,就像他过去解决的许多个脱靶者案例一样,但是小望当年跟踪我是怎么回事,难道我也是脱靶者?"

Miranda笑笑,说:"你当然是脱靶者。"

"我有什么严重犯罪行为?"我这句质问刚出口,想起过往的那些冒险,忽然心虚起来,情不自禁地在犯罪前面加了"严重"两字定语,而这句话反问完,其实我也就知道了答案。

"秘密通常意味着犯罪,但也有例外的时候,比如您。"Miranda回答。

我所经历过的那些隐秘冒险,当然无法从任何官方渠道得知,但无疑深刻影响了我的世界观和行为模式,我这样的人不脱靶才怪。

"小望该不会是看了我那些小说,最终知道了我脱靶的原因吧?"

"当然不光是小说,还有一些其他渠道,最终知道了关于您的一部分……传说。"Miranda耸耸肩。

"然后我就又合乎曲线了?"

"合不了,您小说又不照实写,我们显然也拿不到所有资料,两条曲线怎么都合不上,但好在我们知道了其中的原因。"

我忽然反应过来:"这么说我当年就在你们的样本里了?在你们才十万例的时候?这么巧?"

我鸡皮疙瘩都要起来了,一股血涌上头,脸皮鼓鼓涨涨酥酥麻麻。我这得被知道多少隐私啊,而且还不是最近的事情,合着在洞察者的视野里,我已经光着身子裸奔了二十年吗?

"那个时候我们也收集不止十万例样本了,而且主要集中在国内的大城市里。"

我瞪着她。

"好吧,是挺巧的。"Miranda承认。

我羞恼交集,也许真的是巧合,当年的我是个平凡普通的初入社会的小年轻,根本没必要被特殊针对,而我从小到大的成长没离开过上海,成长轨迹非常透明,年少时有几年身体不好常跑医院,要拿到生物样本不是难事,对洞察者来说,我还真是个合适的样本提供者。

"那这么多年我一直还被你们监控着?你们对解决不了的脱靶者的数据是怎么对待的啊?"

"这我就……不太清楚了。我不负责这个,那是叶望的权责范围。"

Miranda这话说得含含糊糊。其实我的问题只是一种情绪的发泄,想想也知道,已经进了库的样本,还是个始终对不上线的特殊脱靶者样本,怎么可能特意删除出库呢?顶多就是挂起来无人关注罢了。而解决者小望又是我的粉丝,恐怕也不会完全挂起来吧,时不时地还会被他……算了,小望已经不在人世。我这一言难尽的情绪啊。

"其实所有样本的数据都是自动捕捉的，没人能看到具体的单一数据。你可以理解为大数据进入一个算法黑箱，重新吐出来的时候就是一条条曲线了。"

行吧，我姑且这样相信，我也没有其他的办法不是？

我起身去上了个厕所，洗把脸平复了心情回来，仿佛度过了一个轮回。

从自己隐私暴露的羞恼感中摆脱出来，我才得以从更客观的角度回顾刚才收获的所有信息。天眼、人脸识别、大数据……身处这个剧烈变化的时代，传统的隐私观念在近十年中步步退守，大潮面前，许多事情无可奈何。信息把人类连接得更紧密的时候，每个人都在蛛网上，轻轻动一动，独特的震颤就会传遍网上的其他角落。然而，洞察者计划把这一切又往前重重推了一把，这可能是质变的一步。我有一种浓浓的科幻般的悬浮失重感。

回到沙发上，我突然非常想和 Miranda 交流一下这种感受，交流一种人类社会未来可能的图景。

"你有没有看过一部电影，汤姆·克鲁斯演的……"

"《少数派报告》。"我还没有说完，Miranda 就答了出来。

这部电影说的是未来某时，有一台无所不知的系统在监察着人类社会，系统会预知人类的重大犯罪行为，并且在目标实施犯罪之前就发出预警，然后由一支特殊部队去提前制裁（甚至是杀死）。有一天，系统发出了警报，这一次的目标就是制裁者汤姆克鲁斯本人。这部电影的特效和打斗无甚稀奇，之所以让人印象深刻，在于它展示的这种命运图景：人到底有没有自由意志？未来是否已经注定？被注定的人生有无意义？

洞察者计划已经获得了大量的数据支持，以人类社会的演进态势，这种数据只会越来越多、越来越详尽，是否有一天，洞察者计划会覆盖所有人？实际曲线和预测曲线应该紧密贴合，如果分离，那必定藏了不可告人的大秘密，当脱靶者出现，解决者就要负责找出曲线分离的原因，也就是要挖出那个人的大秘密。如此一来，犯罪者当然无处遁藏，但人也同样失去了保留秘密的自由。和杜绝犯罪比较起来，这似乎是可以接受的代价，但我却有一种深深的不安。

每个人的心底都被光照彻，这不好吗？但是人，是一种必然藏着阴暗的生物啊，全然无瑕的光明，会把人烤焦的啊。只允许光明的自由，还是自由吗？这种政治极不正确的想法，此刻在我的心中翻腾滚动。

"我们和《少数派报告》里是不一样的，我们要洞察的是一个社会人没有暴露的黑洞，那是过去发生的，是已经存在的。当我们观察到光的弯折、时空的变形，我们就知道那里存在黑洞，当我们看到曲线分离，我们就知道那里有一个秘密。我们不作预测，不会干预还没有发生的事情，这和《少数派报告》有本质上的区别。"Miranda 说。

"你们不预测,但是你们把那条曲线叫作预测曲线,对吗?你们追求的是确定性,这是你们的理念,所以成功的预测,一定是你们的目标,如果否认这个,就没意思了,而且我一说电影你就反应过来了,这代表什么?"

Miranda双手紧握手指交叉,我有些意外她的这种情绪反应,看来她对组织的理念,似乎也抱有着复杂的心态,不像先前嘴里说得那样纯粹。说实话,这才像个有血有肉的人,而不是个科学怪人。

"至少你暂时还不用担心这些,模型还无法解决所有的问题,总是有脱靶者出现,比如你。靠大数据,也许无法穷尽一个人的所有秘密,实际曲线和预测曲线从来就不会完全重合,其中的小小分离,也是给个体留下的空间,而且,我们现在坐在这里,是因为叶望的异常死亡,不是吗?"

我沉默了。沉默有时意味着抗议,有时意味着妥协。

"叶望在出事前,负责调查一位脱靶者。"

"郭昌明吧?"

不料Miranda摇了摇头,说:"不是郭昌明。从第一例脱靶者到现在的二十多年中,我们从模型算法到样本数都有了极大飞跃,就脱靶者而言,至少出现了几万个。我们对脱靶者也会研究分类,有针对他们的专有数据分析,大多数时候不需要靠人工去调查了,也调查不过来。郭昌明这样的曲线分离类型,隐藏恶性犯罪的可能性很高,我们会定期把此类数据提供给警方,由他们去调查。我想叶望之所以会带你去看郭昌明,是要取信于你。"

"取信于我?"我回顾了一下当时的情况,回想小望说过的那些话,似乎真是这么回事儿。他让我就在旁边看着,什么都不用做,他是要让我相信,他有着看穿别人犯罪秘密的能力吗?

"取信于我,然后呢?"我问。

"我猜测,他是想让你帮助他,去解决一个特殊的脱靶者。哦,就是找出那个人的脱靶原因。"

"特殊的脱靶者?怎么个特殊法?"

"是我们有史以来曲线分离最离谱的一个样本。"

Miranda 说到这里,忽然意味深长地笑了笑:"你知道在此之前,分离程度最高的脱靶者是谁吗?"

我想了想,用手指了指自己。

"不会是我吧?"

"就是你,那多先生,但是现在,我们有了一个更特殊的样本,比你特殊得多!"

我被这一句话激起了浓浓的好奇。我经历了多少事情,只有自己清楚,每一次的冒险都会改变我对世界、对人间、对于自己的看法,有时甚至是颠覆性的,所以恐怕那两条曲线会有极夸张的分离。居然有人超过我,而且听起来分离程度比我高许多,那个人到底经历了过什么?整个隐藏于阴影中的暗世界里,有着传奇经历的人当然很多,但如我这样二十年来连续经历那么多超自然事件的人,我还没听说有第二个。难道说这个人的一次经历,就超过了我的几十次冒险带来的冲击?这不可能!

"那是个什么样的人?"

"一个上海的'拆二代',拆迁拿了十几套房子,卖一半留一半,拿到不少现金。当时有不少人忽悠他投资,基本打了水漂,除了一个项目,他在初始时期就跟着朋友投进去两百万。"

Miranda说了一个公司的名字,那是个耳熟能详的行业独角兽。简直不科学,这种乱投资的拆二代不应该被忽悠得血本无归才对吗?居然可以投到这样的项目。

"他持有到了上市吗?"

"那不可能,但也是上市前最后一轮才被清出去的,大几十倍的收益了。"

"真是狗屎运啊。"我感叹。

"到现在快四十了没结婚,到处玩,没有长期固定女朋友。"

我等着Miranda继续说下去,没想到她停了下来。

"就这样?"

"大致就是这样。"

"没有离奇经历啥的?"

"没有,而且如果我们知道了他有离奇经历,也就已经纳入样本数据,他也一样不会脱靶。"

所以，这种情况，就是在看似正常的生活水面之下，隐藏着一个巨大的黑洞了。

"那有没有什么突然消失的情况，或者监控数据上一段时间的空白？"我问。

"也没有。他的生活一直在原有的轨迹里。"Miranda说，"但同时，在一个多月之前，他的曲线开始分离。而且分离的模式非常奇怪。"

Miranda以手作笔，在茶几上画了一条线。

"假设这是预测曲线，那么一般脱靶者的曲线会是这样的。"

Miranda又画了一条向上翘起的弧线。

"从某个我们没有观测到的黑洞事件开始，实际曲线就会开始远离预测曲线，远离到某个幅度后会稳定下来。而如果黑洞事件在我们观测的视界之外，那么这两条曲线从一开始就是互相远离，各自起伏的。但是这个人的曲线是这样的。"

Miranda重新画了两条线。一条代表预测曲线的直线，而另一条线，则以预测线为轴，上下波状起伏。

"一般来说，脱靶者的后天行为模式偏离，是由一宗黑洞事件引发的，所以实际曲线会以黑洞事件为节点，向着另一个方向弯折。其弯折是有一致趋势的，体现在实际曲线上，不会像这样忽上忽下地起伏。这样的频繁起伏在此之前只有过一个案例，就是你。"

"因为我不停地遇见会影响我人生观世界观的事件,所以才会有多个节点上下起伏吧?"

Miranda点头。

"那这只是和我相似,你说的远超过我的程度,指的是什么呢?"我犹自耿耿于怀地问。

"因为大概在小望去找你的几天前,这个人的曲线又发生了变化。之前他的实际曲线是这样。"

Miranda重新画了一次波纹线。

"然后,"她又画了一条波纹线,这次的波纹上下起伏的程度,是前次一倍以上,"简单来说,这个人每一天的行为模式,都和前一天有了极大的不同,简直像换了个人似的。一个人遭受打击性格大变可以理解,但怎么能每天都受一次打击,每天都性格大变呢?那个时候,我和叶望的关系还正常,我知道他正在密切监控脱靶者,却没有发现任何异常。人可以说就在他眼皮底下,要是碰上了重大变故,哪怕是蓄意避开探头的犯罪行为,都不可能发现不了端倪,但就是没有,就是解释不了曲线的变化。当时他就和我说,想找你出马试试看。"

我微微点头,这么说的话,小望当时的行为就有了解释。脱靶者的实际曲线发生剧变,而且是一变再变,近距离观察的他却找不出任何原因。基于对模型的信任,他相信一定有非常重大的事情在脱靶者身上发生着,只是由于某种原因,他发现不了。而且脱靶者的变化可能是渐进式的,当时已经进入了一个新的阶段,他不想干等着,希望尽快寻求帮助,所以等不及我回到上海,就跑去武汉截我。但是要让我同意帮忙,其实没那么容易,起码你得先把事情讲清楚,得让我相信。老话说耳听为虚眼见为实,当我亲身经历了郭昌明的事情,自然会相信小望具有某种看透人心的能力(我猜想他还未必会把洞察者计划原原本本告诉我),也就自然会对他看不透的脱靶者产生足够的兴趣。

"这样看来,小望出事和他调查的脱靶者大概率相关,否则也太巧了。哦对了,那个脱靶者,他还活着吧?"

"活着。"

"这个人是重要线索,但是我们还是得从小望身上开始查,因为现在小望才是我们的目标。我想虽然洞察者有不把内部人员当成样本的规定,但内部人员的所有数据肯定都是掌握的,只是没有放进模型里去罢了。所以我现在要小望的日常信息,每天有一百条要一百条,有两百条要两百条,时间从今早他死亡开始,先倒推到他和我在南昌分开那天。"

"黑箱里的数据真不一定能拿全,每天的数据量会少一些,但我想也足够详细了。"

我挑挑眉毛:"你已经拿到了?"

"已经申请了,我没你想得那么古板,要查叶望的死因,怎么可能不动用我们最大的优势?"

Miranda说着拿出手机,我瞥见她点了邮箱图标,估计是去看邮箱里有没有新邮件。

我不便盯着她手机看,片刻后却听她"咦"了一声,忍不住又偷瞄过去,却看见了一个似曾相识的界面。

那界面我在郭昌明家的晚上曾经见过——在小望的手机里。我现在知道,这是洞察者组织独有的样本行为曲线图。

Miranda发现我在看,没有避开,反而把手机往我的方向侧过来。

"叶望的曲线图生成了。"她语音低沉,"我今早一并申请的,红线是实际曲线,绿线是预测曲线,其他细的虚线不用管。"

我得以清楚地看到手机屏幕上两条曲线的交织情况,没错,就是交织。绿色曲线以十五度角轻微上扬,其间很少起伏,红色曲线在百分之九十的地方与绿色曲线密切相合,但在图表最右端忽然开始绕着绿线上下起伏!

"这是全年的,看下最近一个月的情况。"

Miranda点了一下,切换到月图。

从月图上三月三十号那天开始,红色曲线每天都剧烈地上下波动,十天前有一个跨度为两天的波动,八天前实际曲线不再波动,一路向上与预测曲线远离。

"他也脱靶了?"我问。

Miranda无意识地摇着头,不是否认,而是惶然:"和那个人一样。"

她勉强对我露出一个笑容:"你现在的脱靶程度,降到第三了。"

就在这半个月里,小望也经历了远超我二十年冒险的冲击?我几乎要脱口而出"不可能"三个字,但也知道并无意义,这可是出自洞察者几十年来被至少百万量级的数据验证过的模型。

"可以确定小望出事和那个脱靶者之间存在关联了,从破案角度说,这是好的发现。现在不光需要小望的数据了,那个人的数据也得拿到。"

我用手指着小望的红色曲线开始波动的那一天。

"这个时间点是在我们南昌碰面后一周的样子。我有一个猜想,他肯定是对脱靶者有了什么发现,因为在此之前,脱靶者一直在他的观察视界内,只有他找我的那两天是脱离监控的。他回上海之后,肯定发现在这两天里脱靶者有了异动,他以为就要找到那个人脱靶的原因了,所以对我的帮助不再迫切。但其实……"

我没再说下去。

但其实他的死亡正一步步临近。

我心中有一闪念。

如果等到未来某刻,我找到了小望的脱靶原因,会发生什么?

六　死前的选择

从小望家离开已经是傍晚时分，Miranda还留在里面，我想她需要和这间屋子、和这间屋子里可能徘徊着的魂灵有些相处的时间。暂时没有等到小望离世前的具体日常信息资料，想来要把信息从黑箱里拿出来，确实需要一番周折。我和Miranda交换了联系方式，她承诺一收到资料就会联系我。

一步一步踩在地上都是虚的，我想中午吃的那几只锅贴已经完全消耗掉了、并没有感觉到饿，我猜胃已经麻木。我走进一家肯德基，从情绪上，我觉得此刻应该吃些高油高热量的垃圾食品。

不知道什么时候出的神，也不记得想了些什么，总之回过神来的时候，大份薯条已经吃完了，可乐却一点儿都没动。我一口气喝掉半杯可乐，大脑在热量补充后又慢慢进入工作状态。小望的去世给了我很大冲击，而Miranda透露的洞察者计划详情，又包含了大量密集的信息，理智与情感一起冲灌进我的躯体，把五感七窍都堵塞了，现在一寸一寸疏通，一点一点吸收，逐渐回过味来。在这整理的过程中，我把目前的所有信息重新咀嚼，看看有无疏漏，其间我发现一个微小的信息缺失，虽然可能并不重要，但还是给 Miranda 发了条信息，希望她帮我补完。

她很快就回给我三张截图，是那位拆二代脱靶者的年曲线图和两张月曲线图。先前 Miranda 虽然告诉过我，小望的曲线图和这位脱靶者非常像，但我还是想亲眼看一看。

小望是在近半个月前脱靶的，而拆二代是在近一个月前脱靶的。从年图来看，两个人确实很像，我又换到月图，发现月图的曲线两人还是有些不同。

小望的图我在 Miranda 的手机里看过，现在还记得很清楚。两个人从脱靶的第一天开始，实际曲线都是以天为单位上下起伏的，仿佛每天都被击穿一次底线，但是小望每天的起伏程度，要远大于拆二代初始的起伏程度。拆二代的脱靶分两个阶段，小望相当于从一开始就进入了拆二代的第二阶段，这是第一个不同。

第二个不同，是拆二代在第二阶段中经历了几次更大的起伏，一次为期两天，一次为期四天，相比其他每天一次的起伏波峰，这两股浪更高更长。当然小望也有更高的浪，小望在十天前有一波为期两天的波峰，而八天前，他彻底结束了每日起伏，实际曲线一路走高，一直到今天早上离世。巧的是，拆二代在十二天前也开始了一波大浪，体现在曲线上是向下的，但同样是与预测曲线偏离。这一浪直到今天还没有回头，如果把这一浪折反过来和小望的最后一浪作对比的话……

我的心脏重重一跳，迅速拨通了 Miranda 的电话。

"你对比一下小望和拆二代近几天的曲线,你有什么想法?"

我不等 Miranda 的回答,就说出了自己的判断:"我们得尽快接触这个拆二代,我怕他随时会出事。"

Miranda 有些犹豫:"我明白你的意思,你把高浪和死亡对应起来,拆二代现在在图上的波峰更高过叶望,但是这个图形的解读不是这么简单的,它实际对应着更复杂的社会学和行为学方面的意义……"

"但是图表本身就是为了简化而创造出来的一种工具,它可以更直观地看出一些规律,不是吗?"我打断她说,"我当然不懂你们的图表是建立在如何复杂的理论或数据基础上的,可作为一个旁观者,跳出圈子的猜想也许是有价值的。我的想法就是,一个人如果偏离正常的行为模式,就意味着他走上了一条陌生小路,如果这个人的偏离值超过了所有人,那么他就走入了人类从未踏足过的蛮荒之地,发生意外的可能性当然极大地增加了。现在的情况就是,小望的偏离值超过了我,他死了,而这个拆二代的偏离值超过了小望,他还没死,但他一定处在某种危险中。"

我说服了 Miranda,她说会想办法查到拆二代的行踪。

回到家里,我给老郭打了个电话。投之以桃,报之以李,他想办法帮我进入小望的居所是为了什么,我自然是清楚的,不需明说,却不料他开口就谢我,说多亏了我,让特事局和洞察者的合作更深入了。我莫名其妙,问他怎么回事。

"脱靶者,这个概念你现在知道了吧?之前一直是他们调查完脱靶者,给我们转交数据,嗯,是转交部分数据,但现在,我们第一次介入到脱靶者的调查中去了。"

我反应过来,Miranda 或者 Miranda 的上层一定已经请求了老郭去调查拆二代的行踪。确实,要第一时间查到,非政府强力部门介入不可,一个民间组织再怎么厉害,都只能做迂回间接的调查。

老郭想必已经通过洞察者这条线知道了我今天探访小望家的情况,所以我就说得比较简单。主要就三个方向,一是拆二代近期行踪,二是小望近期行踪,这两块内容什么时候能拿到,得看老郭这里有多给力,他说是十二小时内,以我对他的了解,这时间肯定还留了余量,等拿到资料再看看这两个人交集在哪里。三是被小望烧掉的到底是什么东西。

"你不是说,那堆东西烧完的灰烬被破坏过,复原不了吗?你这里有什么新技术能用?"老郭问我。

我失笑:"我能有什么新技术,你这话是问反了吧?不过我也没指望有什么新技术,但粗想想么,至少也有三个方向可以看看。老郭你是老公安了,怎么还要我说?"

"别废话,你年纪轻脑子动得快,说说看。"

"从烧剩下的一角看,纸质像是普通打印用纸,多半就是 A4。要么是打印的,要么是复印的,他家里没这个设备,所以一个方向就是找找看他是在哪里打印复印的。如果是复印件，原件估计不在他手上了，如果是打印件，那就可以去找找原文件，他的手机不是在你们这里复原吗，他的电脑洞察者那儿肯定也着手在复原了。这不就是三条路吗？"

"听说你把电脑给弄坏了？"

"咳咳，关键数据都会上传的呀。"

调查这种事情，事先盘算路很多，弄到最后一条都不通也常见得很。我嘴里对老郭说三条路，其实觉得有两条路多半是不通的。小望把文件物理层面烧毁之后再浇水破坏，会想不到要在数据层面也清理干净吗？东西是为什么烧的，那几个字又是写给谁看的？从这几个字看，小望对自己的意外是有预感的，那么出事之后谁会进他屋子？家属之外，就只有洞察者和特事局的人了，如果他的数据能被恢复出来，那不就白烧了吗？所以，也就复印点或者打印点这条路突破的可能性大一点儿。

我琢磨要怎么查这条线，土办法就是先从小望住所附近的复印点走访起，还有就是看监控，如果小望打印完是把文件拿在手里的，那就可以从监控里看到，只是回看的工作量会非常大。我突然一拍脑袋，只要小望不是用现金付的打印费，就可以从支付记录来查，哪怕他在自己手机端删掉了支付记录，老郭这里也能查到，五十块钱以内的支付拉一遍，恐怕立刻就能锁定。在殡仪馆里我是看过小望的随身物品的，我再次回想了一遍，好像……

有张百元钞票,也许是备用的,希望如此,现在除了老人,谁还用现金付钱呀。

我给老郭又发了微信,说了这个思路,他回了个大拇指,然后又说十二小时内。

十二小时是个有点尴尬的数字,一会儿要不要睡觉呢?还是等等看结果?或者把手机从振动调整成响铃?很快证明,我是自寻烦恼,不过晚上八点多,我还在脑子里一边复盘一边想着各种各样的可能性,就收到了Miranda的微信。她发过来一个坐标,说尽快在那儿会合。

坐标在洋山港,我问她是现在就去吗?她说对。我又问她具体什么情况,到那儿去干什么?她说你上路没有,上路了路上聊,别耽误时间,十点前要到。现在到十点还有一个半小时,我导了一下航,显示九十七公里,需要一小时五十七分钟。我蹬起鞋冲出门,也没时间打字了,直接给Miranda发语音,我说要十点到得比导航时间快半小时,这不可能,除非我坐警车。Miranda估计也正赶着路,我把车开出小区才收到她的回复,就三个字——我可以。

行吧,就看是超速记六分还是直接吊销驾照了。这会儿晚高峰刚过,市区交通基本上没有红色拥堵路段,有黄有绿,路面上有一定腾挪空间,可以靠技术来换点时间。我把挡位调到运动,过了会儿调成手拨挡位,然后意识到自己的技术没那么好,又调回运动模式。总之我全神贯注左冲右突,抢了好几个黄灯,红灯真不敢抢,怕警车追我,我还不知道飞这趟车是为了什么呢。开过徐浦大桥的时候,我才稍稍松弛了身体,擦了擦脑门上的细汗。导航这时候显示十点二十分到达,抢到差不多十分钟时间,我心里安定了很多。接下来还有百分之八十的路程,导航上一片绿色,不是高架就是高速,就看超速多少了,比刚才一脚油门一脚刹车其实安全许多。我沿 S20 往前开,心里盘算着处罚标准,超速到一百二扣六分,超速到一百四扣十二分……

又开了一阵,路上车越来越少,我才有工夫开免提给 Miranda 打电话。

"应该差不多可以十点到。"我对她说,我让语气尽量平缓,作等闲状。

"别差不多,越早越好。"Miranda 一句话让我破了功。

"你要么给我调一架直升机来。"我气得刺了她一句,"这是在上海的市内道路上,你难道想让我开到一百六?"

"章复诚倒是坐的直升机。"

"谁?"

"就那个拆二代。他很可能落地就上船,如果不能赶在他前面,那就不知道什么时候才能和他接触了。"

接着 Miranda 简短讲了章复诚近期的情况,说他组了一个包含公务机、直升机和越野车的超豪华私人旅行团,近些日子全国到处玩。

"这就是有钱人的世界吗?"我感叹,这真有点出乎我的意料,本来还在担心这个人会遭遇不测,想着他不知道正处于什么艰难处境呢,没想到人家玩得如此 happy。

"说不好,章复诚虽然资产可能有个两三亿,但正常来说这对他也是超高消费了,这样的消费如果日常化,其实略高于他的财力。"

"他的财富是骤得的,不是自己奋斗赚来的,这样的人不总是会超高消费吗?就像中了彩票头奖的那些人一样。"我不以为然。

"直升机越野车不说,就目前查到的记录看,这是他第一次租用公务机,这是个异常行为。"

"哦?不过有异常就对了,否则他真的在游山玩水也太奇怪。他都去哪儿了?"

"喀纳斯、拉萨、塔克拉玛干沙漠、神农架、雅鲁藏布大峡谷,还有川西的一些地方。"Miranda 的语气变得有点古怪。

"嚯!"我感叹。

"十一天。"

"什么?"

"这是他在十一天里完成的行程。"

"这怎么可能?"

"公务机飞到最近的机场,直升机已经等着了。特事局联系到了一个在川西服务过他的直升机驾驶员,说他全程包括吃饭在内只落了三次地,其他时间都在机上,很多时候他要求尽量低地掠空飞行,方便看景。直升机当天早晨六点在康定机场接到他,晚上十点半飞回康定机场,他直接上公务机飞走。此外十一天里只查到了他有五天的酒店住宿,其他时候可能就睡在飞机上了。"

康定地区如果游玩得细致一些,随随便便可以排一周行程,章复诚只用了一天就在直升机上完成了。以这样的效率,我多少可以理解他是怎么在十一天里玩这么多地方的,越野车大概也是备不时之需,直升机飞不进去的复杂地貌才用得着,可是这还算是玩吗?这是机械化行军啊!

"你真觉得章复诚是在旅行吗?没有人会这样旅行的,旅行是放松、是享受,他这么跑变成拉力赛了,纯粹打卡吗?"

"也许他预知到了自己的死亡,想临死前到此一游呢?他去的所有地方都有一个共通点,就是景色绝美,是很好的旅行目的地。在没有其他证据的情况下,只能作出旅行的猜想。"

"也许他是在找什么东西?"

"我考虑过这个可能,但是他大多数时候都不落地,有这样找东西的吗?直升机上只能看个大概的地势地貌,那样的话,待在家里看实时卫星图不就行了?"

"如果真是旅行,还有其他同行者吗?"

"公务机上有机组人员,直升机有飞行员,越野车有驾驶员。

除此之外，还有一个负责对接行程的人随行，他隶属于一家专门服务富豪阶层的旅行定制公司，除此之外应该就没别人了。对了，做调查的时候这家公司提供了三个细节，一是章复诚额外支付了将近一倍的钱，换取该公司在接单后二十四小时内开始行程，整条路线的大部分是一边飞一边确定的，说明他的时间很紧。二是章复诚原本意向中有一些海外目的地，但是疫情期间签证速度无法保证，最终放弃，这同样指出了他的时间性问题。三是章复诚明确提出，随行顾问不要年轻漂亮的女性。"

"为什么？不应该是反过来的吗？"我记得 Miranda 之前说过，章复诚女朋友换得很频繁，怎么忽然转了性。如果是和女友同行，提出这样的要求还能理解，现在这样，我更觉得他是另有所图，但是，另有所图也不耽误美女同行才对啊。

"确实很反常，也很正常。"

"哪里正常了？"

"章复诚现在如果真的一切正常才奇怪吧，他有一些难以理解的行为，不正符合他的曲线吗？"

我不得不承认 Miranda 的话有道理。这一切到底是怎么回事？哪怕仍处在旧友离世的悲伤压抑之中，我的好奇心还是熊熊燃烧了起来。

"章复诚既然出不了国，为什么跑洋山港呢，国境线内的海域有什么是直升机到不了的？还是他要去公海的什么地方？"

"他租了一艘能下潜七千米的深海潜艇,搭载潜艇的母船现在停在洋山港。公务机预计九点十分落地浦东,机场距离洋山港顶多七十公里,如果他这次还是一下飞机就直接上直升机,二十分钟就能到。所以就算我们十点到,都未必能赶得及。"

"上天入海,他这是要干什么呀?"了解了基本情况,我也不和 Miranda 再多说了,挂了电话专心开车,时速表已经超过一百四十公里,车身开始轻微抖动,这小破车不能再开快了。

车子开上东海大桥,横风打得车身发飘,我惊得一激灵,连忙把车速压到一百二。最后二十几公里了,导航显示到达时间九点五十三分。我长出一口气,却见右侧夜空灯光闪烁,一架直升机向前飞去,我心里暗骂一声,一脚把油门踩到了底。

也许是别人的直升机,从概率上说……算了别骗自己,肯定是章复诚的,这样他会早我十几分钟到。正常来说早到十几分钟没什么,上船开船总有个过程,但章复诚可就说不定了,也不知他紧赶慢赶到底为了什么。

上岛后车速立刻慢下来,这个时间外来车辆一般不让进港区,虽然打过招呼、报备过,但免不了又耽误片刻,现在的情形多等十秒钟都会让我很难熬,也不知道 Miranda 有没有到。我这么疯狂飙车,应该比她先到吧。

导航的会合点靠近十二号泊区,我进了港区就打电话给她,问还有多久到,结果她说已经到了,说话的时候我看见前方一辆车打着双闪,我开过去的时候那辆车就调了个头开走了,留下Miranda朝我招手。

Miranda坐上副驾,指了个方向:"就前面,直升机刚落。"

"落了有十分钟了吧,你还等我干什么?你自己先去啊,就不怕船走了?"

"最新的消息,船一时半会儿走不了。"Miranda笑了笑。

我心稍定,问她:"你怎么会这么快?找了个赛车手开车?"

"就叫的网约车,十点到给两千,每早一分钟多两百。"

金钱把事情变得如此简单……

直升机停在路侧一方平地上,斜对面泊了一艘船,船下站了三个人,我猜里面应该有章复诚,但又有少许疑惑,因为那分明是一艘流线型白色游艇,双层船舱设计,身姿在夜晚港区的大白灯照射下十分优雅。这是深海潜艇的母船?不像啊。

我和Miranda下车,先前在车里就听见争执声,现在一开门,就清楚地听见一声质问。

"船呢?"

声音大得像在咆哮,接着这个人又重复了一遍。

"船呢?"

然后此人还不罢休,继续大声呼号,几至声嘶力竭。

"船呢?船呢?船呢?船呢?船呢?船呢!"

后面两声近乎尖叫,然后忽然停歇,又或者是把嗓子叫哑了。

任何人听见这种声音,都会觉得那是歇斯底里的神经质发作。

"章先生,请您冷静一些,冷静一些。"另一人说。

我们径直走到离他们不到十米的地方才停住,在空无一人的夜晚码头上,这是个让人感到冒犯的距离,但他们争吵正剧,也许暂时无暇关注到我们。我正这样想着,其中一人突然侧头望来,他脸色白得像鬼,两个眼圈抹了烟灰似的黑,眼白几乎是红色的,不知爬了多少血丝,也许是眼底出血?他呼哧呼哧喘着气,弓着的背跟着一起一伏,像是一头追着猎物跑了几公里,最终却一无所获的饥饿土狼。

他凶恶地盯着我们看,似乎要对我们恶语相向,不料接着他的神情转为茫然,又说了一声:"船。"

他这一声比之前轻了些,似乎是在控诉,可这话干什么要对我们说?我正不解,他又转回头去了。我明显感觉到了他精神状态的异常,这样的状态,竟和小望与我最后一次见面时有几分相似。

显然这位就是章复诚了,站在他身边的人正低声安慰他,或许在解释些什么,对面的中年人却没有那么好的耐心,皱着眉头对他说:"这不就是船吗?这船多好啊。"

"我要的是这个船吗?"章复诚又被激怒,语调再次拔高。

"这不是和您解释过了吗?原来的科考项目延迟了一点,潜艇多下了一次海。你明早过来上这条船,下午就能上龙宫三号,小龙差不多那时候上浮,晚上就能再下海。不行你现在就上游艇,船上条件也好得很。"

Miranda在旁边悄悄解释了一句,龙宫三号是母船,小龙是潜艇,本来该是龙宫三号来接的。

"就比原定计划差不了二十小时,章先生你不至于这样吧?"中年人说。

章复诚沉默了一会儿,就在我以为他即将妥协的时候,他忽然又嚷起来。

"我花的钱,我花的钱,立刻、现在,现在上船。现在,你听懂了吗?不要什么二十小时后!"

章复诚语无伦次,几乎把唾沫喷到了对面的脸上,然后他又转头朝着身边的人喊:"蠢货,你们怎么干活的?怎么干活的?等、等、等、等,我不要等,我等了多少次,我不能等。"

章复诚骂到后来,已经是一串污言秽语,那人只是低头道歉,想来其身份就是旅行公司的随行人员了。

章复诚的火力虽然暂时转向,对面那人却似已经到了忍耐的极限。

"我说你这人,是不是觉得有钱什么都能买了?本来我们的船就是科考用的,不是给你这种人去旅行的,能答应让你下去一趟就很不错了,那当然是要优先保证科学项目研究的。"

"我可以加钱,加一倍,你们船在哪里,我现在直接直升机飞过去!"

"加一倍也没用,你爱等不等!"那人斩钉截铁地回答。

"你……"章复诚一步上前去揪对面的领口,被那人一把拨开,眼看要打起来,随行忙挡开,自己却被章复诚一把揪住。

"章先生您别激动,您休息一下,您今天先休息一下,您都多少天没有休息过了,这身体……"

章复诚却似反被这话击到了痛处,尖着嗓子叫起来:"休息个屁,你懂个屁。"

"啪!"中年人抡了他一耳光。

章复诚的动作突然停住,瞪着中年人,仿佛不能相信自己竟然被打。他嘴里发出"咻咻咻"的气流声,两边面皮一起涨红,挣扎着要说些什么,然后整个人抖起来,眼白一翻,倒在地上,竟晕了过去。

中年人愣住,试探着拿脚轻踢地上的章复诚。

"喂,起来啊,装什么装。"

"别别别。"随行蹲下来掐章复诚的人中,然后对中年人喊,"快叫救护车啊。"

"至于吗?"中年人一边摸出手机,一边悻悻说。

"你不知道,这十一天我就没见他睡过觉!"

中年人吓了一跳,脸色也变了,连忙拨120。虽然他看不起这种有点钱就颐指气使的人,但那记耳光是自己打的,真要出问题可兜不住。

"原来是没有睡觉。"我心头的迷雾被这一句话打通，情不自禁地念叨着，"原来是这样，原来是这样。"

"怎么可能十一天不睡？再失眠的人，也总会眯一小会儿。"Miranda说。

我示意Miranda走远点再说，现在章复诚晕倒，已经没什么可偷听的，凑这么近形迹太可疑。

我们回到车里，在这个位置足够观察情况了。在这片刻之间，我已经把回忆中的细节捋过一遍，更加确信判断没有出错。

"你知道人可以多长时间不睡觉吗？"我问Miranda。

"我知道很多人可以三天三夜不睡觉，极限的话一周？真要六七天不睡，哪怕是站着，一闭眼也能睡着吧？"

"我不知道极限是多久，真正一本正经去做的人我只知道一个，那是个美国高中生，连续十一天没有睡觉，这是五六十年前的纪录了，可能因为这种事情又蠢又危险，去干的人不多。当时美国媒体有大量的跟进报道，还有个斯坦福的教授在旁记录，所以全程细节都留了下来。从第三天开始，他就有了明显的注意力下降，然后是情绪烦躁，在亢奋和低落之间跳转，后期出现易怒、情绪失控、记忆力下降，并且时有幻觉，最后两天他的注意力甚至不足以支撑其进行简单的算术了。小望上一次见我的时候，几乎符合里面每一个特征，易怒、注意力缺失、记忆下降、迟钝，再看看章复诚,是不是也一样?小望手上还戴了个电击器,时不时会电他一下。我们可以再做一些印证,比对小望脱靶状态时,尤其是曲线连续上扬的最后那几天,和他的正常状态之间,手机上网频率、家中用电量等数据的差异,看看他是不是始终处在活动状态。"

我说到这里,一股战栗顺着后脊柱爬上头顶心,某种程度上我已经解开了小望死亡之谜,但是随之带来了更大的谜团。

"这样一切都可以说通了,我知道小望是怎么死的了。和吸毒没关系,和什么神秘现象也没关系,他就是太长太长时间没有睡觉了,长到他都不知道红绿灯的意义,长到他看见车开过来却不知道闪避,或者他的大脑发出指令但身体要很长时间才能接收,或者身体反倒做出了与大脑指令相反的动作,甚至他都未必看见了车子,而是处于幻觉中。到后期电击器都不会起作用了,同样强度的电击身体都耐受了。一个这么长时间不睡觉的人,会变得非常脆弱,深夜上街过马路简直就是自杀,哪怕有人在旁边照看着……"

我忽然想起一事,从手机里调出Miranda发给我的截图。

"没错,章复诚的曲线是从十二天前开始调头向下,双向分离的。他旅行了十一天,打电话给旅行公司安排行程恰好是十二天前。我打赌他不是十一天没睡,而是十二天没睡。他破纪录了。"

我往章复诚的方向看了一眼,摇了摇头。我意识到那一巴掌可能还真造成了大问题,章复诚恐怕早已经油尽灯枯了。

"可是,为什么要不睡觉?"Miranda沉默了一会儿问,她看起来已经接受了我的判断。

"这就是另一个问题了。我们现在知道了小望的真正死因是睡眠剥夺,假设图形上曲线分离和不睡觉相关,那小望到死的时候,应该是有七八天没睡觉了。我们还知道章复诚是十二天没睡,并且这应该是他们主动的选择,对吗?章复诚刚才说'休息个屁',那口气让我觉得,他不是睡不着,而是因为某个原因不能睡,小望一定也是这样的。"

"不能睡,还是……不敢睡?"Miranda不是在问我,而是通过说话来思考。

"这是同一个概念,睡觉一定会引起某个他们无法承担的后果。"我说的时候也在思索,会是什么呢?我突然想到了那几个字,Miranda和我对视了一眼,我相信她也想到了。

不管你是谁,你会感谢我。

被小望烧掉的那些文件,记录了他不敢睡觉的秘密吗?如果他没有烧掉,如果有人看见了,那个人会不会也一样不敢睡觉了呢?

忽然之间,我有点理解为什么章复诚会特意提醒不要美女随行。美丽女性会让男人放松,但章复诚不能放松,他需要一直紧绷着神经,免得自己睡过去。万一他受到了诱惑——一个年轻未婚的亿万富翁还是值得诱惑的,这也是此类公司一般有许多貌美女职员的原因,可章复诚处于一个精神抵抗力很薄弱,且日趋薄弱的状态,要是没扛住发生了点什么,那种事后的疲倦感会让他立刻睡过去吧。所以索性拒绝年轻女性随行,从根上斩除危险。

"本来我还在想,章复诚是不是想要找什么东西,所以才到处飞来飞去,但现在我彻底放弃了这个想法,哪有一件东西,既可能藏在神农架、拉萨、康定,又可能沉在深海里呢?我倾向于你的看法。"

"我的看法?你是指旅行?"Miranda问我。

"我有一个长辈,有一张人生必去的地点清单,她在七十九岁那年坐硬座去了拉萨,把清单上最后一个地点勾掉,自此之后,哪怕身体完全健康,她都再不去旅行了,她把死前想去的地方都去过了。"

"你是说,章复诚知道睡眠剥夺很可能导致死亡,所以他要抓紧时间,把所有想去的地方都去掉,包括深海?"

"这是基于现实情况的合理推测,这也能解释他为什么不惜代价,因为人死了留再多的钱也没有用,这也解释了他为什么不能多等哪怕十几小时,因为他不知道自己还能撑多久。他原本一定有一张全球清单,但是疫情原因无法在短时间内出国,所以国内打卡完毕后,他还想去深海看一看。我打赌如果不是程序复杂时间赶不上,他首选的一定是上天,坐火箭飞出大气层。你掌握的情报里,章复诚此前有表现出对旅行的狂热吗?"

Miranda摇了摇头:"完全没有,他明显更喜欢乱搞。"

"唔……"

这时候救护车赶到,把章复诚抬进车,剩下两人也随车走了。

"这不用跟了吧?"我问Miranda。

她没有回答,却说:"网上不是常常有一类问题,比如生命只剩下最后三天,要用来做什么?我从来不会一本正经回答,但偶尔难免在心里想一想,可能会想到些道德啊法律啊不允许的事情。如果只能活三天,我可能会好奇毒品是什么样的,也可能会召一堆男模伺候我当女王。"

我立刻明白了她在说什么,她在说小望的毒品,还有那些避孕套。如果说同样是预知了自己的死期,那么小望的选择,其实比章复诚这种"看遍世界每个角落"的愿望更普遍吧。

"我觉得小望很可能就是这样,死亡越逼近,世俗的约束就越小,他或许……什么都想试一试吧。"

其实我知道并非每个人都是这样,很多人在死亡来临之时选择守护所爱之人、所爱之物,很多人为了理想或自身之价值工作到最后一刻,虽说人各有志,但毕竟有高下之分,小望这种选择比起来是等而下之的。可是Miranda这样想,她自己会好受些,而且,我也觉得她的判断多半是正确的。小望会干那些事,就是因为他知道时日无多。

"只是这里面还有个想不通的问题。如果说是得了绝症,被医生判了死刑、给了最后时限那种,做这种选择比较能理解。小望和章复诚,他们怎么能这样认命呢?他们因为某个原因不敢睡觉,并且知道这样下去死路一条,那么他们优先级里排在最前面的,应该是解决不敢睡觉这个问题才对啊,怎么就直接等死了呢?小望还不清楚,从章复诚这十一天的行程看,是完全放弃解决根本问题的努力了啊,这不合理,生死大事,怎么可能不挣扎一下呢?"我说。

这个问题,我回答不了,Miranda 也回答不了,我们甚至连靠谱的假想都提不出来。

"要不我们也不睡觉了吧。"

Miranda 的话让我吓了一跳。

"现在开回市里得凌晨了,叶望的初步调查已经完成,我们找地方熬个夜捯一捯,顺便等着章复诚送医的结果?"

七 烧毁之物

Miranda 的住所，我的住所，小望的住所，这三个去处里 Miranda 先选了小望那里，又改了主意，说还是去我家。照我的想法，去小望那儿最理想，身处其境体察其心，可收事半功倍之效，但 Miranda 还是会触景生情的吧，毕竟不是局外人，待在那儿不好受的。可上我那儿又不免令我犹豫，深更半夜的孤男寡女同处一室。我沉吟的模样太明显，Miranda 说你记录良好，是个让人放心的男人。在现今年代我吃不准这是夸是贬，但既然她不在意，我自然也无妨。

开过来的时候卡着时间争分夺秒横冲直撞，只觉得时间不够用，开回去的时候月华如水，漫漫长路。我想和 Miranda 在路上聊几句，却发现她歪着脑袋睡着了。她可真是度过了难熬的一天，不知会不会梦见小望。睡眠可以生出元气，抚平苦痛，而不敢睡觉，究竟是一种怎样的情形？一路上，我都在想这个难解的问题。

一圈一圈绕下大桥的时候把 Miranda 晃醒了，她望向车窗外出神，我则又晕又乏，无心闲谈。进了家门我问她喝什么，她看见我的咖啡机,说要杯拿铁。我给她做了一杯,然后自己弄了双份的浓缩,想了想又倒了点威士忌进去,三口喝掉,胸口"咚咚咚咚"打起鼓来,困乏顿时就被逼退了。

"来吧,我们开始。"我说。

Miranda拿出手机,我伸脖子想瞅一眼,结果她让我开电视机,直接投屏上去。

老郭说十二小时,其实时间没过半就有了初步结果。我本来以为是个相对简单的报告,没想到一页页展现在电视机屏幕上的内容,翔实到超乎我想象。

关于小望的报告以数重表格的形式呈现。第一重表格分为左栏和右栏,左栏是时间线栏,标明了叶望每一天每一刻都在做什么事情,而右栏是依据栏,也就是说左栏所写的时间线依据何来,比如说左栏写小望这天早上九点十三分至九点四十一分在吃早餐,右栏则标明该行踪依据为店内监控及支付宝结账记录。

所有的时间线分成了三个等级,以阿拉伯数字1、2、3标注,并且给出了注释。前述吃早餐这种标注等级为1,属于准确定级,因为有店内录像直接佐证,之所以不是确定而是准确定,是因为录像可以篡改,结账记录也可以由他人持手机完成,虽然这种情况一般不可能发生,但发生在叶望及章复诚身上的事情显然太不一般,在对各环节一一复核之前,哪怕有监控录像,也只能列为准确定级。

等级为2的属于推定级,比如五日晚九点四十一分到十点零三分,时间线上标明乘坐网约车从家中前往某某夜总会,依据为上车前走出小区的监控(非全程)、网约车平台叫车记录、车辆全程录音记录(未核)、叶望手机GPS信号移动轨迹、夜总会前路口监控。由于车内只有未核过的录音而没有录像,所以作为证据来说,稍弱了一筹,只能算推定。我猜如果有人手去找当时的司机,他记忆清晰且证言可靠地说小望当时全程在车上,就可以升等为准确定级了吧。表上标准之严苛,实在是令我叹为观止。

等级为3的是推测级,比如上述的夜总会之行,接下来小望的三个多小时都是在夜总会的房间里,可是夜总会里没有房内监控,只有小望进出房间的走廊监控,所以只能照常理推测为他在房内喝酒娱乐。除非可以调查当晚进出房内的其他女性,取得证词,才能升等。不过在短短的几小时内,调查工作不可能做到这一步,并且也看不出有做到这一步的必要。

说实话,不管这份报告是特事局还是洞察者出具的,又或者是双方通力合作,所涉及的人力及统筹能力,都太厉害了。报告从小望死亡一直回溯到他和我探访郭昌明家,前后二十天,每一天每一小时每一分钟都是连贯的,没有空白时间,区别无非是准确定级、推定级和推测级的差别。

报告的第二、三重,是对第一重内容的进一步注释。比如吃早饭,再点进去可以看到几张店内监控截图,以及具体吃了什么。

去夜总会这段行程，也有监控截图、GPS轨迹路线图等在其他页面补充说明。完整的录音录像没有，但估计也只是报告的容量问题，如果我真对某一段行程有疑问，这些资料想必可以立刻传过来。

报告是从最后一天开始，倒着往前的。我有一种错觉，像是缓缓拉开了一卷画轴，上面光阴回转，日落日升夜昼交替，小望以倒下死亡为起点，重新站起来，木偶般步步倒退而回。

他的生活可以说荒唐到了极点，尤其是最后八天。光"吃"这一项上就相当夸张，他很两极化，一方面预约了多家米其林星级餐厅的午餐或晚餐，大多数是包间，基本上人均一千五以上，有时一个人，有时有异性相伴。另一方面，顶级餐厅外的餐食则是家边小店或者外卖，从不自己做饭。除了预订餐，其他都没个正点，常常晚餐后半夜加吃两顿，这意味着他作息极不规律，实际上，他是没有"息"的。

吃之外，涉及娱乐消费这方面，姑且称为娱乐吧，或许称之为荒淫更合适。八天中他去了五次夜总会，九次酒吧，最多的一晚上转场三次，有大额转账记录的异性高达十二个。此外他还有两笔转账，收款人在警方的毒品防控网里早就被盯上了，一个兜售轻型毒品，比如笑气、摇头丸之类，另一个则被怀疑是一条冰毒网里的终端销货人。不过这两笔疑似毒品消费发生在八天前，分别是四月一日和四月二日。

"关于这个毒品,我有个想法,可能有点怪,你听听看。"

"你说。"

"我们现在假设曲线表上的大波峰和睡眠有关,也就是说大波峰期间他们应该是不睡觉的,这个调查报告也证实了,你看最近八天每天都注明了'推测叶望本日内没有完整睡眠',九天前有七个多小时的推测睡眠时间,再往前是十一天前,中间又有五十一小时的不睡觉时间,两次买毒品就是在这段时间里。头一天里他买了轻型毒品,第二天他应该是买了更厉害的东西。"

"嗯。"Miranda 点头。

"他家茶几上的像是厉害毒品吧,但是那个没怎么被用过,或者只用了一小部分?我想是因为他不敢用了,他只在买到毒品的当晚用过一点儿。"

"报告上没写这个,你怎么推断的?"Miranda 问。

"毒品让人兴奋、让人放松、让人出现幻觉,笑气那种还好些,冰毒这一类,劲儿过去之后,可是要睡觉的。你看报告里他买了大量的红牛来提神,红牛加意志力能顶过性生活后的……"我忽然停下来,看了眼 Miranda 的脸色。

Miranda 面无表情,接着我的话说了下去。

"靠强撑能顶得过射精后的困倦,但顶不过吸毒后的困倦,你是这个意思吧?"

"对。所以小望吸过一次重毒品后,就不敢再试,他知道 high

完肯定会睡过去。这是很合理的推测吧,也能印证他的睡眠情况,但古怪的是,第一次五十一小时的清醒时间代表着他当时就知道睡眠会带来严重后果,严重到超乎死亡之上,然后他嗑完毒睡着了,发生什么严重后果了,什么都没发生吧?醒来之后,他为什么继续不敢睡呢?"

"章复诚也有过两次较短时间的不睡觉,一次两天,一次四天,依然不耽误他最后一次连续十二天不敢睡觉。你觉得没发生什么,但很可能已经发生了什么。"Miranda说。

"怎么发生的?什么时候发生的?在梦里吗?"

"如果就是在梦里呢?"Miranda反问。

"你是当真的吗?"

"我就是在说真的。我们观察不到变化,但对当事人来说,变化肯定发生了,至少从逻辑推断上是这样的,否则他们就可以放心睡觉,而不必强制自己清醒。这个变化应该是发生在他们的精神世界中,发生在他们的睡梦中,他们知道会做这样的梦,醒了之后还记得这个梦,并且宁死也不想再做一次。"

一种让人宁可死,都不想做的梦吗?怎么可能有这种梦?但这确实是一种基于事实的猜测,而且我暂时也想不出第二种猜测。

"这是在梦中有了某种突变啊,这样的猜测太不可知了,对于厘清整个事件的帮助不大,在这上面费脑筋没意义,我们还是……"

"是你先扯到这方面的。"Miranda打断我。

我干咳一声,说:"我觉得小望有两个关键时间节点,一个是三月三十号,一个是四月三号。三月三十号是小望的脱靶日,从这天起,小望的实际曲线开始偏离预测曲线,并且每天都会波动。"

说到这里我忽然灵机一动。

"我收回刚才的话,你关于梦的猜测很有意义。还记得你们最早对章复诚曲线的疑惑,就是为什么他会每天有大波动,就像是每天都会遇到改变世界观的事情一样,但是人每天都会睡觉,如果每天睡觉做梦的时候,都受到巨大打击,醒来后改变了行为模式,就可以解释曲线的波动了。这种打击发生在梦中,你们收集到的所有数据都无法反映梦境,所以每过一天,他的实际曲线和预测曲线都会偏离。小望是三月三十号开始偏离,不,应该说他在二十九号夜晚就开始做这种梦,然后才在三十号的曲线中体现出来,所以他的第一个时间节点应该是三月二十九号,然后一直到四月二号,这几天他每天都在正常时间睡觉,每一天的曲线都会突转,所以这个波峰、这个转折点就是每天的睡眠、每天的梦境。四月三号之前,小望每天的行为还没有那么荒唐,直到三号,他决定不再睡觉,开始尝试极端的事情,无限制放纵自己的欲望。"

"其实三号之前,叶望做的很多事情,在我看来就已经很古怪了。比如长时间参拜寺庙、坐头等舱飞机、抽烟和雪茄、开车路怒、和人打架,包括吃刺身,都是他从前不会做的事情。光这几天里他做的事情,都已经让我不认得他了。"Miranda 说。

"是啊,所以我想这两个时间节点中,三月二十九号这一天更重要。他在这天遭遇某事,睡过一觉后,人生就此完全不一样了。"

确定完重点,我们两个又把小望三月二十九号的行程,以及他之前几天的行程反复看了几遍。之所以不光看二十九号一天,是因为小望三月二十七至三十一号离沪旅行,这趟旅行似应视为一体,且二十九号前的旅程也有些奇怪。

该旅程简述如下:二十七号小望搭早班机飞往遵义,原定中午到达,飞机误点,落地新舟机场已是下午三点二十分。在遵义休息一晚,二十八号早八点半,小望租车前往绥阳县回魂洞景点,中午返回遵义市区,搭下午两点的飞机经南宁中转飞到重庆,在机场酒店睡了几小时,二十九号晨飞去西藏林芝,九点半准时落地。他租车从米林机场一路五小时开到波密,在波密用餐并在氧吧吸了半小时氧,接着沿扎墨公路往墨脱方向行驶,在嘎隆拉隧道中或隧道南侧某处待了超过四个小时,然后折返波密。宾馆入住一夜后,次日早七点驱车前往拉萨,沿途游览朝拜了五所寺庙,晚八点五十分进入拉萨。三十一号他在八廓街逛了半天,搭下午四点的飞机回上海。

以二十九号为节点，这趟旅程小望显然有两个目的地——回魂洞和嘎隆拉隧道附近。这两个地方有个共同点——都很"模糊"。

绥阳地区有大量地下溶洞，比如号称亚洲第一的双河洞就在此地，洞内已探明的支线就长达几百公里，然而哪怕双河洞也不过是个未完全开发的偏僻景点，其他的次级洞窟更冷门，基本属于不收门票的野生景点。回魂洞曾经被租下来当成鬼屋揽客，一度在当地很热门，但上个月因为涉嫌破坏溶洞生态系统而被勒令停业。小望到达当天，洞窟处于封闭状态，既没有别人，监控也早就不工作了，只是因为他的手机GPS导航终点设在回魂洞停车场，才判断他可能去了回魂洞。真实情况怎样，目前无从得知。当然回魂洞这个名字让人浮想联翩，小望和章复诚的状态很容易和离魂联系起来，但在缺乏进一步证据的情况下，浮想也只能是空想。

波密地区的监控探头也很少，小望的用餐和吸氧都缺乏监控数据佐证，只有结账的支付数据。整条扎墨公路干脆没有装监控，许多地方的GPS信号弱或索性缺失，比如嘎隆拉隧道内及隧道南侧十公里范围都是没有GPS信号的，而小望就在这片信号空白处待了三个半小时，具体去了什么地方没人知道。当时他在手机导航软件里设置的终点是嘎隆拉隧道北侧入口，推测他的目的地要么在隧道中，要么在出隧道不太远的地方。

此外，小望原定的行程是三十号从林芝飞返上海，但他三十号早晨临时更改航班，增加了拉萨的行程。因为沿途逢寺必入，原本八个小时的车程大大拉长了，抵达拉萨时布达拉宫已经关门，GPS显示他绕道经过了布达拉宫，应是看了夜景。他买了三十一号最晚的航班回沪，按照前一日的行为逻辑，时间是留给布达拉宫和大昭寺的，但实际上他却在八廓街消磨了时间。逻辑上的违和，恰恰对应了图表上的脱靶，从表象看，二十九号之后，他每一次入睡，都会改变行为模式。

小望身处上海的时候，报告可以把他的行踪推定到分钟，但在这趟关键旅行中，他的行踪就像被打上了马赛克，我甚至觉得他像个老到的间谍，只在脱离监控的时候才行动。

"可能需要照着他的行程重走一遍。"Miranda说，"我的想法是，把能锁定的和叶望有交集的每个人都找出来，租车公司员工、酒店餐厅人员、空间时间上可能有交集的游客、寺庙僧侣等等，所有人都问一遍。但是要快，每过一天他们的记忆就会削弱一分。"

"你说的这个，是不得已的做法。"

"你还有别的路走？"

"现在还不好说，我是希望可以把范围缩小一点，就是小望家里那些被烧毁的文件，如果能搞清楚内容，肯定省不少事。小望手机复原得怎么样，云端的资料库里有没有文件的备份？"

"手机复原还没完成,这倒不急,他那个手机是特制的,资料实时上传,我进入云端看过最近的信息,没有特别可疑的内容。"

"我本来请老郭从支付数据方向查,看看有没有类似打印社的小额消费,但从这份报告来看……"

我摇了摇头,报告上每一笔消费都查了源头,没有相关消费记录。我又想起小望随身的那张百元钞票,问 Miranda:"他有用现金付账的习惯吗?"

"他有不带手机的习惯。"Miranda 说,"只要不非得和外界联系,比如散步或者饭局,他都不带手机,所以他还真有可能是用现金付的。"

"他还有这习惯?"我大为惊讶,"从报告上看不出来啊,那么多的 GPS 记录和支付记录呢。"

"出门旅行当然得带手机,而且他的行为模式变化之后,未必还保留着这个习惯。"

Miranda 把报告翻到三月二十七号旅行之前,把一些时间线指给我看。

"你看这几段,写的是他在家里,具体做什么不明,很可能就是他把手机留在家里出门了。这么短时间里出的报告,只能以手机为核心,辅助监控来追踪,手机既然在家里,就默认为人在家里了。"

"所以他很可能是在这几段时间里复印的文件,文件最后是拿回家里的，调小区监控，如果看到手里有文件，一个个探头接力溯源，应该可以查到打印社？"

Miranda 觉得这个方法可行，现在时间太晚，联系老郭不方便，Miranda 说她来转达，洞察者有专人配合特事局工作，让他们加班。

Miranda 发完微信，见我靠在沙发上假寐，便把电视关了，打算离开。我睁开眼问她，为什么小望不喜欢带手机？

"你应该能猜到，就连平时走路，他也总躲着摄像头。"她耸耸肩。

"有点讽刺，他还没有习惯吗？"我说。

显然，小望对个人空间和隐私的注重超乎常人。作为一个"解决者"，他的工作就是扒别人"衣服"，当然比普通人更清楚个人信息有多容易泄漏。尽管洞察者承诺不把组织成员作为样本研究，但只要带着手机，个人信息就会被源源不断地采集，"衣服"是已经被扒掉了，要不要看取决于别人。小望的反抗其实用处不大，他就像一个有洁癖的人，知道细菌无处不在，能做的只有一遍又一遍徒劳地洗手。

"你已经习惯了吗？"Miranda 反问我。

我被她问得一窒，我如果习惯，就不会在知道自己是洞察者早期样本的时候那么不舒服了。虽然不舒服，但也只能接受，因为我生活在二十一世纪而不是古代，我把这视为代价——享受现代便利,让渡部分隐私,只要别超出底线。

小望不带手机,躲开监控探头又如何?他能永远不用手机吗?他能躲开所有的探头吗?就像现在,他虽然在时间线里留下了几段空白,但不过是多耗些人力物力而已。而这样的"剥皮扒衣"工作,正是由我——由他的朋友,由他的所谓"偶像"来推动的,想到这里,我不由得感到几分悲凉。

我忽而又想到最后和他的见面,那不过是前天,哦现在已经过了十二点,那是大前天的事。当时我只觉得小望态度极差,仿佛变了个人似的,现在我知道,那时他已连续六天没有睡觉。在类似的情境中,章复诚不惜一掷千金来节省时间,要在生命的最后时刻(在获得最终解答之前,这是最恰当的比喻了)看遍奇景,小望的声色犬马也反映了他只争朝夕。这样完全改变了行为模式的小望,竟然还会和我见面。他一定是要告诉我某些事情,或者给我以某种提醒,却被我气走了。加上往返路程,他抛掷在我身上的时间得有两个小时吧,这两个小时对他来说……心中不由大恸。

我面色沉凝,许久不说话,Miranda挥挥手自顾自走了。

"睡个好觉。"关门时她说。

小望想告诉我什么呢?我躺在床上一直在想这个问题。

我们只是假装一直被我们看着,我们只是假装一直是我们。

我们只是假装一直被我们看着,我们只是假装一直是我们。

我们只是假装一直被我们看着，我们只是假装一直是我们。

不知做了什么乱梦，我惊醒过来的时候，脑袋嗡嗡直响，一直回响着这句话。这是小望和我最后一次见面时说的最后一句话。他那次一定想告诉我什么，这句话很可能是点睛的关键一笔，然而现在整条龙都笼在茫茫迷雾中，光有这点睛一笔，却是全无用处。

睁着眼睛躺了一会儿，嗡嗡声忽然又响了起来，我意识到是手机的振动声，在床头柜上摸到手机，却是个不认识的号码，我不打算接，一定是推销电话。电话歇了，微信通话又亮起来，是Miranda。她告诉我打印社找到了。

"地址发给我，我现在就出门。"

翻身下床，几分钟洗漱着衣，出门时我看了眼时间，不到十一点。不吃早饭了，等会儿早午餐合一。

说是打印社，其实小小一家店，包揽了复印、打印、广告牌设计、证件照拍摄等多项业务，概因在这样寸土寸金的中心城区，单一业务根本无法支撑昂贵的租金成本。

我先到了，基于合作调查的礼貌，还是得等Miranda来再进去，毕竟昨天晚上人家也等了我。上了年纪就顾东顾西的，从前我不这样。

我以为Miranda的迟到是因为要准备妆容，不料她又顶着素颜来，倒是两个黑眼圈重得有了眼影效果。

"晚上没睡吗?"我问。

她看看我,我意识到说错了话,哪怕不习惯精心装扮的理科女生,也不愿意让别人说自己丑,更何况也许她并非不爱打扮,只是女为悦己者容,那个人如今不在了。

"调查有点儿新进展。"她说。

我急着听新进展,她却指指打印社,意思先完成眼前的调查,她是故意卡着,报复我的口不择言。

十平方出头的店面,塞了一台复印机、两台电脑、一个打光灯,相片打印机和裁剪刀只能搁在收银柜台上,还得空出一面墙当拍照背景,我们两个一进去,就显得店里热闹非凡了。老板是个三十多岁的女人,从电脑显示屏前抬了抬眼。

"叫地主。"电脑说,然后唰唰唰发底牌。

老板打出一张三,又抬了一眼,等着我们说话。

Miranda从手机里翻出小望的照片。

"请问您记得这个人吗?"

老板瞟一眼就摇头,其实她压根儿就没好好看,注意力在牌局上。

"麻烦您回忆一下,半个月前他来过这里,确切说是上月二十五号。"

"每天这么多生意,哪里记得过来,你们有业务没有?"老板看都不看,最后一句话更是在逐客了。

我从裤兜里抽出手来，往电脑桌上"啪"的一拍。

老板握鼠标的手一抖，炸弹压在一张 K 上。"翻倍。"电脑说。

"做啥！侬要做啥！"老板气急败坏。

这么多年调查工作做下来，我总结出向陌生人打听消息的两条路。要么披一张"皮"，记者身份算皮，警察或其他政府身份算皮，美色也算皮（当然我没有），要么得有"里"。

我把手移开，露出下面对折的一沓百元钞，临出门我特意折回去取的，电子支付时代，现金仍然有其妙用，像现在这种情况，扫支付码就很不合适了。

"有业务的。"我抽出一张推给她，然后敲敲剩下的，"至于是小业务还是大业务，就看你能不能想起来了。"

老板立刻换了张脸。

"我这个人别的没什么，记性倒还蛮不错的来。"

她的记性没有宣称的那么好，但在我们详细形容了小望的样貌、还原了他进店的时间，并且给她看了小望当天在附近路口被拍到的监控截屏后，她总算想起来了。截屏里不仅能看到小望的具体穿着，还能看到他手里拿着的东西——一叠纸和一本蓝皮簿。

看到蓝皮簿，老板眉开眼笑。

"想起来了想起来了。"她拍拍那沓钱。

"可不能瞎说,要和我们知道的事情对得上。看看这照片,不是随便什么人都能调出监控的。"Miranda学得很快,一张"皮"已经披好了。

"怎么能瞎说?不过先讲好哦,他复印那么多东西,具体内容我不可能去看的,我就是帮他复印的时候瞄到一眼。那个内容现在很少见的,我一看到蓝本子就想起来了。"

走出打印社的时候,我和Miranda对视一眼,彼此脸上都难掩兴奋之色。

竟然是日记。

店主说基本上一页一篇,每篇开头都有日期,是近期的日记,确切说是三月份的。

这当然不可能是小望自己的日记,我直觉日记是章复诚的,Miranda的补充说明印证了这点。

监控既然追到了小望,当然是把他当天行程一溜全追上了。当天小望于上午十时许步行出门,先是在附近散步,后似临时起意,折往两公里外的章复诚居所。章复诚前一晚和一个女孩住了迪士尼酒店,计划次日在乐园玩一整天,小望显然知道这个行程,打算闯个空门。他之前查了这么久,应该早偷进过章家,这次许是灵光一闪,想着再看一眼。监控中看得很清楚,小望空手进的章复诚家小区,出来时拿了日记本,复印完再还回本子。

小望显然是从日记中发现了关键信息,才有了两天后的旅行。尽管复印件被烧毁了,但原本可还在呢。小望能闯空门,我们也可以,因为相同的工具 Miranda 也有啊!

"章复诚现在怎么样了?"我问。

"人在 ICU 没醒,多器官衰竭,没准儿醒不过来了。"

"他家现在没人吧?"

"去看看就知道了。"Miranda 心领神会。

这儿到章复诚家就两个路口,走着就去了,路上 Miranda 给我补充了点信息。

对小望和章复诚的轨迹调查还在继续进行,但如果要做得像昨晚报告那么详细,太费人工,至少要再等几天,调查人员也需要休息的。Miranda 给了个建议,让先理出两人近一个月的行踪框架,不必精确到分钟小时,有需要时再做进一步的信息延展。上午 Miranda 就在看新报告,睡眠时间比我短许多,所以才顶了两个黑眼圈。

章复诚果然到过回魂洞,那时景点还在营业,他去完就脱靶了,开始了波动较小的第一阶段,等他走了一趟扎墨公路,就进入了大波动的第二阶段。小望刚开始调查的时候去过一次回魂洞,显然没收获,否则不会想到向我求助,后来他拿到日记,有了重大发现,又重新走了一遍,结果自己也脱靶了。

从现在这个时间点往前看,很明显章复诚和小望的脱靶都和他们的旅行直接相关,特别是扎墨公路之行,但小望当时有两个局限,一是他自己没有出事,参照物显然少了,对变因没那么确定;二是他不是我这样的局外人,不会光从简单图形层面看曲线图。小望了解曲线图具体意味着什么,每一个波折都代表一次行为的巨大改变,改变的动因应该出现在波折前不久,如果每天都有一次波折,那么动因就藏在前一天,但在那些时间段里,他怎么都找不到解释。如果我是小望,眼睛只盯着章复诚看,也总结不出问题竟然出在睡眠。

所以,小望和章复诚的脱靶都有两个原因。直接原因藏在他们的睡眠中,每一次睡觉都会对他们造成巨大打击,而睡眠会出现这种问题,根本原因则与回魂洞有关,与扎墨公路某处有关。

"嗡——"自动开锁器探入锁孔,轻轻振动。

门开了。

"你害怕吗?"Miranda轻轻问我。

我知道她问的不是闯空门的风险,被小望郑重其事烧毁之物的原版,也许就会在下一刻出现。

她问的,是这个世界上会不会又出现两个不敢睡觉的人。

八　回魂洞迷雾

"不叫。"

我们再次走进打印社的时候,老板正开了新一局游戏。

Miranda 把日记本递给她。

"劳你看一眼,那天复印的是这本吗?"

老板看看封皮,翻了几页。

"就是这本,你们也要复印吗?"

Miranda 摇头,拿回日记本。

"还以为可以做笔生意。"老板咕哝着,注意力回到游戏。

如果不是没带着手机,小望也不会来这里复印,一页页拍下来就行。要是那样的话,照片直接上传洞察者云端数据库,压根儿不用费这些事。

Miranda 仿佛猜到我在想什么,走出打印社的时候说:"如果叶望那天拍照留了档,我应该就不会请你参与调查了,或许很快就会成为第三个不敢睡觉的人。"

"对我这么有信心?"

"我不会想到再来这里确认日记的真伪,因为作伪的可能性很低,不会想到拿走原件当底本留档,因为原件本身另有奥秘的可能性也很低,但我想正是这种谨慎,才让你从一次又一次的冒险中活了下来吧。"

"我能活下来只是运气好。"我真心诚意地说。

Miranda耸耸肩:"随你怎么说,反正你活着。运气也是一种天赋。"

"但我们真的要小心一点。"我指指日记本,"每走一步都要很小心。我不怀疑跟着上面的线索,最终可以找到小望和章复诚脱靶的真正原因,但我不希望到时候自己也脱靶了。哦,是你别脱靶,我早就脱了。"

"听你的,那你说,我们下一步去哪里,不是绥阳吗?"

"去绥阳,但是不能像小望那样什么都不准备就冲过去。日记里提到的那件事,我想找到一个当事人。"

两天之后,我们飞往遵义。飞机上我们没有怎么交谈,看会儿手机照片,闭目养会儿神,再看会儿照片。我在重温章复诚的日记,毫无疑问Miranda也是。

章复诚每天都写日记,少则一个字——略,多时能写满整页。我猜他得有一整个箱子来存放日记,这种习惯通常都是从小养成的。

这本日记的起始日期是二月二十四日,最后一篇是三月十六日,共计十九篇,三月十三日和三月十五日空缺。此事我与Miranda有过讨论，章复诚应该有每天写日记的习惯，所以这不是简单的漏写。章复诚三月十一日进入脱靶第一阶段，行为模式有所变化，日记习惯也受到冲击，不再每日必写，而他在三月十七日进入第二阶段后，伴随着行为剧烈"脱线"，日记习惯彻底废弃。想来真是有点毛骨悚然，日记簿就扔在客厅电视机柜的开放隔层里，这么隐私的东西，原本应该随身携带或者妥善收放在某处的吧，否则小望早先潜入时就该发现了。联想到小望与Miranda的感情转淡，章复诚从日常拈花惹草突变为酷爱旅行，脱靶后结了"新欢"，原本珍爱之物都弃之如敝履了。

十九篇日记我已反复研究多遍，逐篇复述并无必要，我拣着要紧的在这里说一下。凡日记者，都是记录对事主而言值得一提之事，不可能事无巨细地把全天所有事情都记下来。章复诚日记里的事情基本分三类：玩乐、女人、钱。第一篇就三者俱全，说他当天去了一个德州扑克局，大败亏输，但有一个妞特别辣，可惜名花有主。从日记看出，章复诚喜欢打牌和剧本杀，不到一个月时间里，他打了三次牌，玩了五次剧本杀，和两个不同的女人约会过，还对另外两个女人动着心思，分别借出五万和十万两笔钱，还款倒是一笔都无。

三月九日，他去参加朋友在贵阳的婚礼，在当地玩了几天。十一日发生了非常关键的事情，当天的日记上只有简单几个字"他妈的蠢毙了"。从前一天的日记中可知，十一日他的行程就是前往回魂洞!

　　回魂洞的密室在当地非常有名,甚至许多贵阳的年轻人都会为此专程去绥阳。说是密室,其实有故事线有专业NPC,再加上庞大复杂洞穴带来的天然神秘感,去过的都说刺激。另一大卖点,是其中扮演女鬼的演员清纯可人,像极了《倩女幽魂》中的聂小倩。所以章复诚会跑去绥阳就很能理解了,一是冲着密室,二是同去有个"挺带劲儿"的伴娘,三就是瞧一眼"聂小倩"。带着如此期盼,十一日的日记本该好好记一笔游玩经历,结果却只有短短六个字,当天到底发生了什么?此后的日记都没有再提十一日发生之事,好在这次我们前往回魂洞,预先约好了一位当事人同游,当可解开谜团。

　　十一日之后,还有十二日、十四日、十六日三篇日记,这三篇日记里藏了许多信息,所以我把它们抄录如下。

　　三月十二,阴。

　　昨天大概是我有史以来睡得最差的一次,也许根本就没睡着过。我感觉自己变得有点奇怪,所有人看起来都变得有点奇怪。可能有点早搏了,应该是没睡好的原因。昨天要是没去那个见鬼的洞就好了,感觉自己变成了个笑话。我根本就不该来贵阳,我和张超关系有那么好吗?总之总算回到自己的床上了,希望今天能睡好。

　　三月十四,阴。

下午又到绥阳了,没告诉张超。那个洞肯定有问题,叫回魂洞,我觉得我现在他妈的像离魂。昨天居然给王洋打了那么多电话,今天醒过来尬到想原地抠个洞钻进去,都分手两年了哪来这么大的后劲儿,昨天我也没喝酒啊,真是吃错药了。还是洞的原因,从洞里出来一天天的就不对劲,是不是被什么东西附身了?希望明天能找到解决办法。

三月十六,晴。

波密这里人都淳朴,嘎龙寺的僧人也很热心,问到了东摩隐修地,哪怕这样我还是开过头,在那种下山路掉头真是太险。开在隧道里的时候有段时间非常慌,太黑了,像开在一头什么怪兽的嘴里。我现在都不知道那个僧人叫什么名字,可能应该叫活佛,他的话太难听懂了。希望他那个咒语有作用,我打算睡觉前再多念几遍,听他来回念了半小时,就这几个字,应该音调不会错。这是招魂咒吗,管他是啥,起效果从此我就信他,年年来这儿看他。

在十二号的日记里,章复诚还没有意识到发生什么,显然他心神不定,但归咎于十一号的遭遇,归咎于前一晚没有睡好。在我和Miranda看来,这就是他脱靶的表现,但奇怪的是,我们原本推测晚上睡梦中应该发生了什么,才导致行为模式的改变,但在这篇以及此后的两篇日记中,都没有提及梦境或者其他什么发生在睡眠中的事情。还有一种可能,睡觉时的异常是发生在第二阶段的，而章复诚的日记只到三月十六号，即他第二阶段来临前一天。第二阶段到来后，他就再也不记日记了，所以无从得知他对睡眠的感受。

十三号没有日记，但从十四号的日记中可以看到十三号在章复诚身上发生的事情。王洋是章复诚的前女友，一共只在一起几个月，且分手都两年了，就初步调查的结果来看，这段感情对章复诚来说普普通通，没什么刻骨铭心的，也是他主动分的手。很显然，十三号章复诚突然旧火重燃了，反复给王洋打电话，还说了许多让他第二天回想起来非常尴尬的话。在我和Miranda看来，这就是他行为模式改变的表现，但显然章复诚对此很茫然，不知道为什么会这样，只能归结为离魂。

十四号章复诚重返绥阳，这时候他对发生在自己身上的事情已经有了初步的认知。十二号的日记里还觉得是睡眠的原因，十四号时他就很明确了——是回魂洞去坏了。解铃还须系铃人，这就是他重返绥阳的原因。他应该有一些信息源，并且希望能在十五日找到解决办法。十五号当然并没能解决，但收获了新线索，十六号赶到波密去了嘎龙寺，并且最终抵达了东摩隐修地。

我不知道东摩隐修地是什么，但它与嘎龙寺相关，应该是藏密佛教中的一支吧。十六号的日记中其实点出了东摩隐修地的所在——穿过嘎隆拉隧道后，下山路上有一条小径可以抵达，所以小望的导航点才设在了嘎隆拉隧道口，这种地方很少岔路，找到隐秘小径，就可以找到东摩隐修地，找到让章复诚从脱靶第一阶段跳变到第二阶段的关键节点。

离魂、回魂、招魂之说，太过离谱，也只是章复诚自己的随意揣测，作不得准。我自然也经历过许多可以称为"离魂"的事件，但什么是"离"，什么又是"魂"，各自都有最终的解答。这些解答无一例外，都会让我往真实世界的迷雾中更深入一重，是的，更深的迷雾。到如今，我早已经不指望看清楚世界了，那是过于幼稚的幻想。回到这件事，回到章复诚日记中使用的语言，他希望东摩隐修地之行可以让他回魂，结果却是彻底离魂了。

下飞机时，一辆丰田越野车已经在机场外等着，接我们去绥阳县的回魂洞。我上车时想起了还在ICU的章复诚，如果是他来安排，此刻应该有一架直升机，洞察者果然还是不够财大气粗呀，但是一转念，在章复诚的"最后时刻"里，金钱已经毫无意义了，清醒时间所剩无几，钱是用不完的，反而时间最宝贵，但对我们来说，早一小时晚一小时并无差别，自然没必要浪费资源。

我们这里搭飞机乘车赶路，很多调查工作另有人马同步进行，结果汇总到Miranda处，再由她告诉我。章复诚在日记中避而不谈的三月十一日回魂洞中的遭遇，是此行重中之重，要了解个中情形，我们亲身前往之外，当然有其他收集信息的办法。当日与章复诚同行的还有别人，虽然日记中没有指名道姓，但不管是洞察者还是特事局想要查出来都不会费劲。车入绥阳地界时，概要情报就已经问到了，简单一句话，章复诚在玩密室时吓晕过去了。

一个男人在游戏中被吓晕，当然是极没面子的事情，尤其同行还有他想要泡的妞。男人都有英雄救美的幻想，从前和女孩一起看鬼片，就等着女孩花容失色，才好拉近关系，密室鬼屋是看恐怖片的升级版，章复诚肯定有这方面的打算。结果同行女孩没事，他自己吓晕，回想起来无地自容，种种心理和日记所述完全对得上号。

从我的角度，却觉得这不是章复诚胆小的问题，他恐怕也不是第一次玩密室鬼屋，哪能如此不堪？他的晕倒，是后面一系列事情的开端，其中必然另有蹊跷。

回魂洞不是个正式景区，地处偏僻。我们的车从高速下到省道，又拐上一条不知是县道还是乡道的低级别道路，双向单车道的路面坑坑洼洼，维护不佳。一路上非但没有景区指示牌，小路上甚至不见人烟，两边都是野地。开到回魂洞是下午两点多，路边竖了块爬着铁锈的牌子——回魂洞停车场。说是停车场，其实只是方一百多平的平整土地，都没有做硬化，杂草丛生。

停车场只停了两辆车，除了我们的车外，另有一辆黑色的长城越野。我们车子刚停稳，越野车上跳下一位长发飘飘的女郎，让人眼前一亮，水汪汪的杏眼镶在鹅蛋脸上，两条英气的浓眉挑向鬓边，真是一副极具辨识度的容貌。不用介绍，我就猜出她的身份,肯定是那位原本在回魂洞里演女鬼的NPC,她若身着古装,确实极似《倩女幽魂》中的王祖贤。

"是王嘉佳吗?"Miranda招呼她,"麻烦你跑这一趟了。"

"没事儿没事儿。"她笑着引我们往里走。

停车场西侧的简易房是原本的售票处,厕所在对面,两者之间夹着通往山脚的小径。小径是架在地面上的木道,有时贴地有时悬空,可以看见下面的崎岖荒野,从前没这条栈道时,恐怕得手足并用攀爬才行,徒步爱好者会觉得很有趣,对普通游客就不太友好了。王嘉佳走惯了,一马当先,我都得紧着步子才跟得上。不知Miranda背后的团队是以什么理由让她配合的,无非是"面子"或"里子"。她多半不知我们的底细,走慢了也没话聊,徒增社交尴尬。走了约百米的上坡,地势渐平,木板被石子路取代,路面也宽阔了些,王嘉佳可能觉得再冲在前头不好,放慢了步子,开始找话说。我可以体察她的心情,不禁觉得好笑,有些人就是这样,既不喜欢社交,却也不能忍受场面冷下来的尴尬。

"听说你们是对上个月那起事故感兴趣?"

"事故?"我和Miranda不约而同地问。

"不是吗?"王嘉佳奇怪地反问。

"我们有个朋友在这儿吓晕了,这算事故吗?还是另有情况?"我问。

"是你们朋友?"王嘉佳"嘿"地笑了一声。

"也不算朋友吧,但我们确实是来了解那天的具体情况的。"我听这笑里有些情绪,下意识又补了句话,把自己择出去。

"在我们这儿被吓坏的人可不少,吓人就是好玩嘛,否则之前也不会有这么高的热度,但是吧,吓晕得分有没有后果,没后果的就是可以说说玩玩的故事,有后果的就是事故咯。"

"什么后果?"

这时我们正绕过一方岩坡,一个半封闭的洞窟出现在眼前,王嘉佳往那儿一指,说:"呐,这就是后果啊。"

之所以说半封闭,是因为洞口很大,宽高都在四五米的样子,只用了铁栅栏关门。栅栏两米高,没有防攀爬尖刺,防君子不防小人。王嘉佳说的"后果",指的应该是景点的关闭。

"我怎么听说是因为破坏环境才停掉的?"

"开得好好的,要不是被举报也不会关呀。就这个节骨眼上被举报了,托关系也问不到是谁干的,要说在绥阳地面上我们……"王嘉佳停了停,又说,"之前你们那朋友,一帮人从省城过来,我看大家都捧着他,结果弄成这样,掉面子了,不是他举报的还有谁?"

"所以其实你是这儿的老板?"Miranda问。

"也不算,就有点份子。"女郎耸耸肩。

我恍然,怪不得有情绪呢。但我认为倒不一定是章复诚举报的,他日记里完全没提举报的事情,而且他的重心也根本不在掉面子上，有严重百倍的事情压着他呢，多半是本地同行看着眼红，趁机举报的。"

说话的时候走到了洞口，王嘉佳拿出钥匙把缠着栅栏的铁链打开，我和 Miranda 则不约而同地站到钉在岩壁上的说明木牌前，仔细浏览上面的内容。

木牌上说的是回魂洞之名的由来。

附近多洞，传说总数达八百之多，洞内四通八达相互通连。洞多无名，有名必有典。回魂洞之名，来自明朝时在此洞内修行的一些僧人。这些僧人颇有神通，可以帮助离魂的孩子回魂，故得此名。

乡野传说中，离魂是很多见的，失魂落魄、神志不清、胡言乱语或者莫名的心悸不安、行为失常，都可以用这两个字来概括。症状多种多样，造成症状的原因当然也各有不同，到如今大多可以在医学上（或者说西医领域）得到解释，但从前农村医疗条件不足，遇见疑似离魂的人，要么去庙里求一撮香灰合水吞服，要么去请人跳个大神，有这么给治好的，当然也有治不好的，就说魂被山精鬼怪捉了去，再唤不回了。照此看来，这木牌上的传说原本不值一哂，但偏偏主人公是僧侣，联想到章复诚日记上波密之行，这就要郑重对待了。

"这上面说的是真的吗，还是为了宣传随便写的？" Miranda 问。

"这就是我们这儿的一个传说,真不真的难保,但也不是随便写的。"王嘉佳答。

我想到章复诚第二次专程返回绥阳,便又追问:"如果我想进一步了解这个传说的真实性,特别是僧人的事情,应该找谁呢?"

"县文化局呗,我们写这个说明牌就是去那儿查了县志的,有个办公室全是老头,每个都有三个我年纪大,整天研究各种民俗传说。他们下班早,你们今天肯定是赶不及了。"

Miranda 拿起手机发了条语音微信,那边自有人立刻着手进行相应调查。王嘉佳在旁边瞅着,Miranda 的干练和分派任务的语气,让她脸上多了三分慎重。

"走吧,领我们去章复诚晕倒的地方看看。"Miranda 对她笑笑。

王嘉佳推开铁栅栏的时候嘴里还念叨:"章复仇,啧,这名字……"

我们两个没纠正这小错误,这刻我意识到了自己的变化,多年以前,我刚刚开始冒险生涯的时候,碰到这样姿容出众的女子,能多说几句就会多说几句,现在则身意皆疲,无心拉近距离。原来我也早就脱靶,变得不是曾经的自己了。

王嘉佳走在前面,打开手机照明。

"里面黑,你们也都打着光吧。让恢复原状,所有东西都撤了,灯也没了。"

她话还没说完,两道大得多的光圈先后亮起。知道要来洞里,我们当然都带着大功率手电。洞内寒意逼人,没走几步就降了三五度,森白手电光晕移转,洞内景象都似蒙了一层鬼皮。

怪石嶙峋,钟乳石从顶上垂下,从地上升起,也有的通天接地,形态诡奇。手电来回扫动,光影变化让同一块石头再次亮起时仿佛改换过形状。

"考虑到氛围,原来有电的时候,洞里也不会搞得亮堂堂的。"王嘉佳说着停下脚步。手电照射下,可以看出这是个足有五六十平方米的宽敞空间,仿佛一个会客厅。

"这是玩家首次集中的地方,原来还有几个换装用的临时隔间。我们一场七到十个人,不能全认识,得拼陌生人玩。换完装后,主持人清点人数,然后领去正式场所,一边走一边介绍背景剧情。"

王嘉佳穿过洞穴厅堂,领我们继续向前。

"请跟紧前面的人,别相互说话,集中注意力。这里的路错综复杂,专业探险队都没全探明白,手机也没信号,要是跟丢了,可能走不出来。"

王嘉佳转头对我们笑笑,又说:"这是主持人的话术,但也是实情。"

接着她像一个主持人般,边走边介绍这个角色扮演游戏的背景。

故事年代是明末清初，外面的世界正酝酿着惊天的变化，这儿地处偏僻，仍十分保守，乡野间有着各种各样的传说。一对恋人遭到彼此家长阻隔，女孩忽然失踪，有人看见她跑进了山洞。这里是村民的禁区，传说有山精野魅盘踞，历代只有走投无路者才会入洞，他们在黑暗中代代相传，早异变成另一种可怕生物。男孩决心入洞寻找女孩，他发动了亲朋一起入洞，却另有一些来历不明者也加入了。

"小心。"王嘉佳突然停下讲述，提醒我们低头。

这是段低矮路段，看上去像某次地震中巨石崩落，卡在顶上。这段路最高处也不过一米七，我们需要矮身弯腰行进。

"这里地震频繁，没有变成景区正式开发的一个原因，就是安全性，要是上面的石头忽然掉下来，我们可就……"王嘉佳话说了一半，忽然传来岩石的崩裂声。

我心中一紧，但没有任何闪躲的空间。而且这声音……

"许多人会在这个时候撞头。"王嘉佳嘿嘿一笑，"现在只能手机放给你们听听，之前是有设备藏在头顶上，听起来更逼真。朝这儿走。"

她领我们拐进一条石隙，这里终于可以直起腰，但十分狭窄，许多地方要侧身前进。我注意到一路上还有些细小岔道，有的窄到进不去人，有的则不知通向何处。

"你们这游戏对身材还有要求。"我说。

"两百斤以上肯定不行。这儿本来还有个机关,顶上会掉小碎石子下来,效果也很好的。"王嘉佳说。

大约走了二三十米,我们再次来到一处宽敞的空间,这里才是游戏的主场地。

"主持人会在这里重新清点一遍人数,不管之前是几个人,现在会多出一个人。刚才不是有个地方会掉小石子下来吗,主持人会制造个小混乱,让躲在旁边缝隙里的NPC混进来,所以玩家相互不能都认识,角色衣服都是深色的,换装大厅里的光也很暗,就是为了这一刻,然后主持人会说可能是之前点错了人,然后让游戏开始。"

"怪不得这么火,还真挺吓人的。"Miranda说。

洞窟有一种天然的神秘感,在里面走得时间长了,恐惧会不知不觉把人包围,可比人造的鬼屋吓人多了。

我和Miranda两道手电光巡梭飞舞,打量起这个葫芦状的空间。我们所处的位置靠近葫芦的腰部,左右两边各有一个不小于换装大厅的空间。让我感觉悚然的是,这里黑洞洞的岔路极多,感觉有几十条。

"这里怎么会有这么多的路?像个蜂巢。"我说。

"有些岔路,但没有看起来那么多。其实大多数都是小洞窟,很浅的,像一间间小房间。高处也有。"王嘉佳指引我们的电筒往上方扫荡,果然如她所说,有些洞在离地两三米的地方。

"这里的一些洞里,我们发现了人生活的痕迹,还有些地方开凿加深加宽过,很可能明朝那些僧人就是在这里修行的。我们藏了很多的线索在洞里,玩家需要自行搜索,自由度很高,有的地方也会有NPC藏着。"

"就不怕人走丢了?"

"我们当然有准备,玩家往岔路上过于深入的时候,会被挡回来的,我们也怕出事啊。"

"所以章复诚就是在这里出的事?"

"确切地说,是在那里。"王嘉佳往某处一指。

那是个离地一米多高的洞,不知为何,给我一种怪异的感觉。可能是因为它长得很匀称,洞口下沿离地一米多,上沿离顶也一米多。也可能是因为它长得颇有气势,周围一定范围内没有其他洞室,仿佛为它让出位置似的,或许还有一些说不上来的原因,总之王嘉佳点出这间洞室之后,它就像个有引力的黑洞,吸引着我的注意力,再转移不开。

"我们这个游戏其实结合了传统密室、鬼屋和实景剧本杀的特征,所以也有搜证的环节。当时是一轮半小时的搜证,玩家各自分头找线索。其间我们会结合内鬼和一些小设置来多制造一点气氛。"

"具体怎么制造气氛法?"Miranda插了一句。

"内鬼玩家基本上就自由发挥,比如和另一个玩家交谈的时候,眼睛盯着空处看,或者做欲言又止的表情,或者自言自语小声嘀咕。还有的角色衣服里缝了发声装置进去,会笑会咳嗽。"

"你们这是要把人往死里吓啊。"我算是见多识广,但此时光想想就觉得后脊背发凉。

"是吓挺惨,尿裤子的不是一个两个,一般被吓到的回去都鼓动其他人来。"王嘉佳不好意思地笑了笑。哪怕她这样一个美人,在黯淡惨白的光影里笑,也会让人觉得有点儿瘆,很有女鬼的意思。

"我看你们还是早收摊好,这要是有心脏病能直接吓死,真出这种事,签过啥免责条款都不管用,所以章复诚就是这么被吓晕的?"

"其实真没有故意吓他,搜证时间结束,发现少了一个人,找的时候发现他晕在洞里。"

我走到章复诚晕倒的洞室边。洞壁凹凸不平,有许多可以攀爬的着力点。我手脚并用爬上去,再把 Miranda 拉上来,要拉王嘉佳时,她自己助跑两步,脚一蹬手一扒就翻了上来。

两道手电一转,把不大的洞室照了个遍。这儿顶窄底宽,呈水滴状,最高处大约四米,深三米有余,宽两米许,站三个人就觉得挤了。

很难想象这个洞,以及其他那些嵌在壁上的洞是如何形成的,整体轮廓刀削斧劈,仿佛被巨人凿就。我心里起了念头,在一些地方多盯了几眼，不禁皱起眉头。

"你们真没有在这里布置过什么机关吗？"

"绝对没有。"王嘉佳斩钉截铁地回答。

"但这洞明显是动过的啊。"我用手电光点了几处地面和洞壁，那儿留有锤凿的痕迹，不是人凿的，难道还真有山精鬼魅吗？

我这句话扔过去，王嘉佳先是犹豫，然后自嘲一笑，说："现在说也没关系了。这儿是曾经拓宽拓深过，地面也平整过，但你们看这痕迹，这是新痕吗？得有几百年了啊。"

"所以这里真的是明朝僧侣的修行地？"Miranda问。

"应该是的。这片地方是六十年代重新发现的，当时一些洞室里留有或坐或卧的白骨。我们这里历史上经历过多次较大地震，很可能某次地震引起局部坍塌，出路封死了，修行的和尚出不去，最后只能在洞里圆寂。后来的地震震开新通路，我们才又能进入这里。当时租下来开发，考虑到已经足够吓人，如果这里发现人骨的事情曝光，物极必反，人就不敢来了，不过具体到这间洞室里有没有死人，我就不知道了。"

我问了章复诚被发现时的姿态，原来他不是躺或卧在地上，而是头抵着洞壁歪跪在地上，一只手高举过头，贴扶着洞壁，根据这个姿态可以还原他倒下的情景：必然有一种眩晕无力感让他伸手试图扶住自己，紧接着他就失去意识，靠着洞壁瘫软下来。如果他是被什么吓晕，那倒地姿态就不可能是这样。

"章复诚被吓晕这个说法是怎么来的？凭啥说他是被吓晕呢？"我问。

"当时有两个和他不是一拨的玩家这么说的，然后大家就都这么认为了，可能那两个人也是因为害怕吧，如果不是被吓晕，那他是怎么晕的呢？说吓晕自己也好接受一点儿。"

很有道理，她对人心揣摩得挺透彻啊，我想。

"所以，章复诚到底是怎么晕的？其实没人看见？"Miranda问。

王嘉佳耸耸肩。

我用手电在四周照着，试图寻找出点线索，却听王嘉佳忽然"咦"了一声。

"这个原来好像没有啊。"她说。

"什么？"我问。

"那道缝。"她指向洞室最深处。

那儿有一道不到两指宽的裂缝，从底直贯通到顶，用手电往里照，黑黝黝窥不见底，不知有多深。

"新出现的？"

"肯定是最近出现的。唔，大概是地震震出来的吧。"王嘉佳说。

"最近地震过？"我惊讶地问，没印象啊。

"很小的地震，还不到三级，我也是后来才看到的，当时在洞里根本感觉不到,但这里岩石脆,估计就是那时候震裂开的。"

"哪一天?"我问,"是不是章复诚出事那天?"

王嘉佳点点头:"章复诚那一场结束后我在手机上刷到的,所以应该是正游戏的时候震的,也许就在搜证的半小时里,你是在想这个吧?所以他其实是被地震震晕的?"

她笑笑,显然并不信这个说法。

"会不会是……"Miranda低声说了句什么。

"什么?"我没听清。

"没什么。"她摇了摇头,说,"我们先出去吧,这儿没什么可看的了。"

我却还有些不甘心,拿手电对着缝隙来回照,啥都看不出,又附耳去听。一听一激灵,起了一身鸡皮疙瘩,我让自己镇定,再听,又不那么确定起来。

"有什么声音吗?"Miranda见我扒着缝听了许久,忍不住问。

我起身让她来,她听过之后换王嘉佳。

"是有人在说话吗?"

"嗡嗡嗡的,像是风吹的声音。"

"洞里没这么大气流吧,或者是其他什么震动的声音。"

"会不会是虫子,或者是什么动物?"

我们谁都说不准那种低沉的似有韵律起伏的"嗡嗡"声是什么,但越听越发毛,最后连王嘉佳也说,还是先出去吧。

出洞的路走得又急又快,弯腰钻过低矮区时 Miranda 还撞到了头,最终我们回到了太阳底下,王嘉佳"哐当"一声合拢铁栅栏,我和 Miranda 一齐舒了口气。

"可能是我太敏感了,其实虚着把手拢在耳朵上,也会听见气流啸叫声。"我说。

Miranda 本来一只手捂着额头,听我一说,把手移到耳朵上听了听。

"不太一样。"她说。

"那道缝根本不知道通向哪里,声音从哪儿发出无法查证。"

"我们都不敢走得太深,洞里面迷宫一样,太复杂了。"王嘉佳说。

"之前你在里头的时候,好像有个想法?关于那道缝的?"我问 Miranda。

"没有。"Miranda 有点不好意思地笑笑,"刚才那个环境,容易让人想歪。"

"怎么个想歪法?"我追问。

"刚才有一瞬间我想,会不会是山底下镇着什么,裂开以后有东西顺着缝跑出来,让章复诚给撞到了。"

王嘉佳脸色一白。

"那倒的确不会,否则小望怎么解释?"我摇摇头。

"我就说是我瞎想。"

走回停车场,和王嘉佳告别的时候,她试探地问我们。

"你们那个朋友,如果真是他举报的,能不能让他撤回呀?这里……挺可惜的。"

"他在 ICU 呢。"

"啊?"

驱车返回贵阳的路上,Miranda 收到了一份调查报告,章复诚果然也拜访过县文化局,获得了关于明朝僧人传说的线索。洞中僧侣属于藏传佛教中的红教,但却并不在绥阳传教,只是在洞中修行,称其为"圣洞",是宁玛派中的一支。乾隆年间有外来僧人重访圣洞,那一次并未寻到修行地的确切地点,僧人们无功而返。据县志记载,清朝的那批僧人,来自波密多东寺。

多东寺是波密三大寺之一,嘎龙是其分寺,僧人们冬居多东,夏居嘎龙。章复诚为什么会在日记中提到嘎龙寺,这下就清楚了。

晚上在酒店,我和 Miranda 又进行了一番无效讨论。我们两人都心神不宁的,仿佛那不知是人是鬼是虫是兽发出的"呜呜"声还在耳边萦绕着,当然,心情不佳的主要原因是回魂洞之行并没有达到预设目的。

就得到最终解答而言,回魂洞并不是必到之地。我相信小望在这儿就没有收获,但看上去他后来弄明白了章复诚为什么脱靶,所以东摩隐修地才是关键,但毫无准备就去找东摩隐修地,我怕和小望一样，搞到不敢睡觉。我本想尽可能多地找线索，对将要面临的情况有一个猜测，然后有一个应对方案，现在能猜出个啥？

　　出事的洞室看形制可能是重要僧侣修行的地方，但那是几百年前的事了。王嘉佳把这里当密室揽客有一年多的时间，进过这间洞室的玩家不知有多少，为什么别人都没出事？因为章复诚正好碰上了地震？又或者那条裂缝有什么特别之处吗？这里面的可能性多到没有猜测的意义，线索还是太少了。当年僧人为什么把这里选为秘修地？这还挺不寻常的，如果能知道原因……

　　"那明天还去波密吗？"Miranda问我。

　　"去。"我咬牙说。

九 隐修地探秘

黑暗迅速吞噬掉一切。

披着阳光的高渺的雪山，漫上路基的清浅溪流，开阔高地上的嘎龙寺，以及寺中香火气味里的经幡声，所有这些明媚的记忆，在进入隧道的短短片刻后，都在迅速消散。这是我第一次开进没有灯的隧道，不光没灯，连反光路标也没有，前后无车，对向也无车，除了自车的远光灯，再无任何光源，而远光灯被压在密密的黑暗里，只能勉强爬出一小段。车速不知不觉降到了三十码，我忍不住看了眼后视镜，唯一的光已经黯淡成似亮非亮的幻象。隧道口并无标识，我不知道暗路有多长，不知道要开多久，后视镜中天光消隐的此刻，我已经开始觉得漫长。

"你说，如果章复诚能打听得更仔细一点，是不是就不会出后面的事情了？"Miranda开口说。

"也许吧。"我知道她只是想在这黑暗里说些什么。

今天早上，调查绥阳县志的人员补充了一个情况，据记载，当年洞中的僧人治疗离魂症有名为"三不治"的禁忌，不敬佛者不治、不满三足岁者不治、症起于洞中者不治。不敬佛不治很好理解,不满三岁不治,我猜测可能和治疗手段有关,如果涉及禁食、放血等方式,对于受者身体有一定负担,年纪太小承受不住会有危险,至于症起于洞中者不治,则正对应了章复诚的情况,治了反倒要出大事。

当地宗教系统的一位事务员陪同我们拜访了嘎龙寺的活佛,也找到了一个月前给章复诚指过路的僧人,他们介绍了东摩隐修派的情况,与图昆活佛告诉我的大致相符,有些地方甚至还是我知道得更详细些。

佛教讲缘,我理解缘就是一种有宿命感的关系,图昆活佛和这件事情是有缘的。我会介入此事,缘于小望在我新书《荒墟归人》签售会上发出的邀请,而《荒墟归人》里就有图昆活佛,那次奇异冒险中我认识了这位颇西化的活佛,他擅于用循证科学的方法来研究宗教和神秘事件。临来波密之前,我心神不宁,仿佛要面对什么大恐怖,晚上躺在床上细细思量,掰着手指头数能给自己加什么保险,自然就想到了在藏传佛教中有极高地位的图昆活佛。我爬起来给他打电话,也许是时间太晚的原因没打通,今天刚下飞机就有两通他的未接来电,前半程Miranda开车,我和活佛煲了一路电话粥。

其实昨天我还加了另一层保险,我给梁应物发了封邮件,大概陈述了一下这个案子,没有提出任何要求。梁应物是X机构中的重要人物,他在科学领域和神秘领域的眼光都是顶尖的,最重要的,他是我最信任的朋友,如果我出了什么问题,他一定会全力解救,之所以没有用电话或者微信这样的即时通信,是因为我还没到求援的程度,只是将要踏上一程没有把握的旅途而已。这是一个备案,他不需要立刻看到,晚一天两天没关系,我不想搞得像求救,以后变成他嘲笑我的把柄。话虽如此,今天下飞机看到了图昆活佛的电话,却没有收到梁应物的回应,还是有些微失落,真是患得患失啊。

说回正题吧。东摩这一支现在已经式微,曾经的东摩并不是隐修派,大概在十六世纪前后,一位原本根脚普通的红教僧人在贵州的群山之间寻到了一处能增长功力的圣地。这个功力不是武侠小说中的内功,而是佛教中修持的功行,通常苦修者们勤修一世,只能取得微末的进展。密宗的高僧大德,都是觉醒了宿世智慧的,也就是说修了很多世,轮回积累之后,才有了此世展现出来的功力,但这个东摩圣地却很能长功行,有说在其中修行一天能抵一年的,甚至有说修行一天可抵一世轮回的。东摩最昌盛时,完全有能力在藏地立一座大寺,但他们却只是整日在山中苦修,偶尔参加论法大会,俱都大放光彩,极为不凡。当时其他派系的修行者有的将之斥为邪道,有的要求东摩开放圣地,大家一起修行,但一场突来的大地震断绝了圣地的内外联系,洞中大面积塌陷,虽然大多数僧人逃了出来,进入圣地的通路却被巨石所阻,东摩教派就此式微。回藏后的弟子们还记着旧日辉煌,虽然寄住在多东寺中，不思融合，反而每几十年就遣人入黔探寻圣地情状。"文革"时期全国宗教都受到冲击，多东寺僧众在当时几乎散尽，已经不剩几人的东摩派也另寻地隐修，此后再未归寺，但其隐修地所在，多东寺中还是有些人知道的。

图昆活佛听说东摩圣地重见天日，非常感兴趣，时隔几百年，当年一日一轮回之密是否可以解开？他恨不能立刻赶来与我们同访东摩隐修地，实际上也是这么做的，他当下正在五台山参加一个佛教会议，明天就可以返回拉萨，最迟后天也能赶到多东寺了。他希望我多等两天，一起拜访东摩隐修地，他打了包票，断不致让我落入章复诚和小望的境地，但说话的时候我们的车已经开在扎墨公路上，要掉头回波密不是不可以，总觉得挫锐气。好吧，我这年纪还有什么锐气不锐气的，但人可不就活一口气？多年冒险积累的名头，和不可避免的些许自傲，不容许我临阵畏缩。

"我原来以为你不是这样的人。"在似永无止境的黑暗隧道中，Miranda问我，"你给我的印象是多做准备，尽可能稳妥。"

我摸了摸脑袋："我已经变成了这样的人吗？可能是我觉得图昆活佛没太担忧这事吧。我说还是想先去，他给我了些建议，说不要进行或者参与到任何仪式中去，不要听或者自己念诵不明经文或者法咒。"

"章复诚念了！"Miranda显然想起了章复诚最后一天的日记。

"所以我觉得图昆活佛的建议挺靠谱，而且他说了一句话，他说从他的角度看,小望和章复诚的遭遇并非绝对的坏事。"

"一个死了,一个在ICU,这还不是绝对的坏事?那什么是好事?"Miranda一下子提高了音量,几乎是在怒斥活佛的说法。这一刻我感觉到了她原本隐藏起来的对小望离世的深深哀伤。

"我觉得图昆活佛对整件事情已经有了猜测。你要知道,佛教对生死的概念是不一样的,活着不一定好,死了也不一定不好,因为有轮回有果报,很多事情不在这一世。"

Miranda嗤之以鼻:"要是这样,我们都别干活了,洞察者计划整个都没意义。"

我耸耸肩,对宗教人士而言,可能还真是这样,大家看世界看人生的角度是全然不同的。

"其实说到东摩圣地修持一日可抵一世轮回的时候,我就觉得和章复诚、小望的情况有点像。脱靶的概念,不就是行事和此前的一贯做法有了极大差异吗?用俗话来讲,可不就是换了个人?一日抵一世,和每天都换了一个人,你琢磨琢磨,是不是很像?如果他们两个是修行者,我们看到的是脱靶,可能他们就是每天都在长功行呢?如果你们可以给明朝的那些和尚建立模型,画出他们的人生曲线,可能他们每个人都在剧烈脱靶呢!"

"我觉得不可能。那些和尚每天在洞里修行,可预测性太高了,能脱靶到哪里去?"Miranda说。

车速已经降到二十码。除了车前的一小截光,整个世界仿佛是虚无的,是不存在的。我和Miranda都在努力地说话,哪怕是说一些我们已经知道的废话,以此来证实自己正存在着。

"我没接触过宗教人士,宗教和循证科学是格格不入的。我知道你这么多年接触过很多神秘事件,但你用的也是科学的方法,得到的也是……也算是科学范畴内的答案吧。用宗教那一套,这个世界就是不可理解、不可解释的了。"

"不全是这样。我不拿宗教来说,有一个更好理解的领域。你信中医吗?"

"我……"Miranda犹豫了一下,说,"我没想过这个问题,真碰到大病肯定是西医来治,但我也不排斥中医,那句话是怎么说来着,西医为主,中医为辅呗。"

"多数人都是这样。中医也不光中药,针灸、拔罐、推拿,现在中医诊所在欧美很流行,就效果来说是有的。在治疗大病方面,我也见过很多神奇的案例,把西医搞不定的病人给治好了。对西医来说这就是偶发事件,无法定量分析,无法重复验证。中医这种东西,你如果完全不相信它,那没什么好说的,但你如果相信它是有道理的,是有效果的,那么问题就来了。"

"什么问题?"Miranda很配合地垫了句话。

"西医这两三百年是怎么一步步发展过来的,我们都很清楚,循证科学嘛。但是中医是没有发展的,中医的经典是《黄帝内经》,这个东西到底什么时候出现的,有多种说法,但起码是两千年前的东西了。在那之后,中医是在退步的,没有人可以达到《黄帝内经》的程度。从循证科学的角度来看,这不可解释啊,哪有一样东西一出现就到达了巅峰,以至于后世所有人都在攀爬这座巅峰、从未登顶过呢?"

"还真是这样,我从来没从这个角度想过。"

"所以,承认中医,就等于承认一个先文明,否则案子没办法破。我们从先文明或者说异文明那里获得了一件东西,这件东西远超过当时人的理解,哪怕如今我们也很难理解它,所以它在不断地流失,不断地削弱。课本上说中医是古代劳动人民的智慧结晶,哈哈哈。"

我大笑几声,前方终于出现了一线光亮。

"这是你的角度,对吗?关于中医和宗教,你从循证科学的角度为它们找了一条路。"

"如果不能完全无视它们,那么逻辑上这是唯一的路。所谓转世、轮回、修持,这些宗教词汇,未来有一天,科学进展到那一步,也许会有另一种词汇来取代呢。"

"所以。转世轮回这些,你是相信它们存在的?"

我踩下油门,车速从二十码慢慢提高到四十码,终于开出隧道,进入了光亮里。

"我相信它们自有其意义。"我这才回答,然后猛踩下刹车,直到车速降回二十码,因为车子一出隧道,就开进了浓厚的大雾中。

山南一片阳光明媚，我本以为开出隧道后也是，没想到山南山北竟然迥异。如此大雾，我几乎以为自己在某条大瀑布的左近，但却并不闻水声。能见度不到十米，比刚才黑暗隧道中更低，我进一步压低车速，这是一条下山道，往往等我看见近乎一百八十度的下折点时，已经该打方向盘了。

"再慢点，再慢点。"Miranda指挥我把车速降到步行的程度，翻出手电，把光圈调到聚光。嘎龙寺指路的僧人说了，出隧道再走一会儿，路左有条上山的小路。Miranda降下车窗，将光柱射向左侧，白雾随之漫入车内，把我的皮肤沁湿。通向东摩隐修地的小径本来就不好找，在雾中太容易错过了。这样的大雾不知道是否常年都有，章复诚和小望来时，也曾在雾气中寻觅吗？

车开了二十分钟，还是没有找到，出隧道已经两三公里，雾都淡了。我调转车头，重新往山上开。僧人的脚力再怎么好，都不会把这么多路形容为"走一会儿"，肯定是错过了。调头之后，通往隐修地的小路在车道近侧，可以看得更清楚。

我踩下刹车。

"是吗？"我不确定地问Miranda。

"下车看看？"Miranda也不确定。

这儿还停不了车，否则就把车道挡死了。我往前开了几十米，找到一处可以驶离路面的碎石坡，把车斜着半开上去，拉完手刹又搬了几块石头卡住轮胎，免得溜车，然后才和Miranda走回刚才的地方。

这是一条从山中开出的公路，两侧地势总是一高一低，公路盘山而下，两侧地势的高低时时转换。因为指路僧说通往东摩隐修地的是一条上山路，所以之前我们总是在地势高时才留意观察，地势低时就加速通过。雾气浓重，低地的那侧状似峡谷深渊，其实藏在雾后的往往是缓坡而非悬崖。我和 Miranda 此刻站在路沿往坡下看，确实有一条经年踩出的土路，但却是下山路。我们决定一探，虽然与僧人说的不完全相符，但这是所见唯一的岔路了。

我们一前一后，路况很像回魂洞外的那条，当然指的是木栈道底下的原始路，没有路面铺装，时走时爬，往往要扒着石头或树木才能平衡。走了一程，路折向高处。这确实是一条上山路，只是要先下坡，再上坡。

"看，房子。"Miranda 叫起来。

在白雾的深处，隐隐约约露出了人造物的轮廓。

再走几步，发现那几根硬朗的竖线并非房屋外廓，而是挂着经幡的立杆，这让我们更确定没走错路。

更多的经幡出现在眼前，有挂在立杆上的，有挂在树上的，五彩斑斓。雾气忽然淡下来，仿佛经幡形成了结界，将雾气挡在外面。淡下来的雾仿如云气，在经幡间缭绕浮动，丝丝缕缕的阳光透下来，营造了一派仙界气象。

这是一处十几亩见方的小山坳，两侧高山白雪覆顶，一道细瀑从云上垂落入涧，头尾都不能见。地面微微起伏，铺满斑斓的高山苔藓，高不过两米的灌木群一簇簇恣意散落。就这么一会儿，雾气便完全散了，我和Miranda不约而同地深呼吸，这空灵之地的空气别样沁人心脾。

在山坳的中心位置有一顶帐。我们踩着苔藓走过去，藓子密密绒绒像张大毯，其实只在碎石表面浮了一层，每一步都透过软底硌着脚。还真是一处完美的苦修地啊。

"没有鸟叫呢。"Miranda说。她的声音很轻，不是怕打破了宁静，而是心中有所不安。

刚踏足此地时，确实觉得景色宛如仙境，但是待的时间稍久，就觉得不对劲起来。不光鸟叫，虫鸣也没有。好吧，这个季节这个海拔，可能是不该有虫叫，但空有经幡飘荡，不闻经文声，不闻香火味，简直就是片寂静岭。

也许只是自己想多了。

帐前挖出几个圆坑，内有黑色篝火留痕，帐门垂闭，没有动静。

我叫了两声门，然后掀开一角帐帘，里面果然空荡荡什么都没有。

"你看那边。"Miranda指向南侧山壁，那儿深深浅浅，有不少天然形成的石洞。

"对啊,住那里面才更像苦修。"我说。

但哪怕是苦修,大白天也都待在洞里吗?短短百米的路上,我心里有各种念头冒出来。这是我们此行的终点,是章复诚和小望会陷入无法入眠绝境的关键所在,在他们不敢睡觉的背后,我总觉得有一个极恐怖的原因,一个不堪面对的真相。踏上小路之后,我一直给自己做心理建设,到了这空山美境,我更把警惕提到了最高,苦修地没有人迹,我既觉得反常,又并不意外,因为总觉得这里是要出事的。现在去往苦修洞,也许依然是见不到人的,或者说,见不到活人……

没有活人,我们连走了两个洞都是这样。我竟稍松了口气,这样的氛围,总觉得会看见死人。

洞内有草垫,有木桌木椅,明显曾经有人生活。他们为什么离开了?主动还是被动?

我们继续往前走,一个洞一个洞看过去,这让我想起了回魂洞中,章复诚出事的那个洞穴大厅。Miranda突然停下来,我险些撞上她。

"怎么了?"

"你听见了吗?"Miranda的声线竟有一丝颤抖。

我也听见了。顺着风飘来细微的嗡鸣声,那起伏的韵律,竟有点像回魂洞那条裂缝中的声响。

我的心怦怦跳动,抢上两步,走在Miranda前面。细细分辨,那声音又有些许不同,单薄了不少,也许是没了洞穴里特有的共鸣？声音从斜上方传来,那儿也有石洞,有一条超过四十五度的坡道相通。我手足并用爬上去,急切间都忘了拉 Miranda 一把,但她一步不落,紧紧跟在了我后面。离洞口还有两步的时候,声音突然停止了,然后是几声剧烈的咳嗽。

是人！我放下心来,随后想起图昆活佛的告诫,又把一颗心提到更高。这是在念经还是在念咒？不能听这种东西的啊！

但听也听了,而且早在回魂洞里就听了。

我迅速澄清思虑,两步跨上洞口。

与先前的洞室比起来,这一间格外幽深。面宽不过一米五,深度是面宽的三倍有余,越往里越窄小,像一颗嵌入山体的步枪子弹。阳光浅淡,洞的后半部分没在阴影里,"弹头"处黑黢黢的,隐约能看见一个人的坐姿轮廓。

"你好,打扰了。"Miranda 在我身侧说。

我的眼睛开始适应光线,把洞中人看得更清楚。这是个半盘坐的极消瘦的中年男人,着灰色粗布俗世衣物,留发,脚边摆着盏香炉,线香燃剩一小截,烟气蕴积在洞末,给他披了层暗纱。洞尾空间收束得只剩一米高,他坐在那儿,像是被供在佛龛里。他当然是活着的,正半睁着眼睛打量我们。

"我们是来拜访曲巴益赞活佛的。"我说,先前我们从嘎龙寺打听到了东摩派本代活佛的名字。

洞中人把香炉移开，用手把自己往前挪了三尺，扶着洞壁站起来，那样子让我意识到他左脚不良于行，先前坐着时，他的左腿就没有盘紧。

他站起后一礼，带着浓重地口音告诉我们，曲巴益赞活佛不在。

"是去贵州了吗？"我问。

他有些惊讶，点头说是。

整个东摩隐修地，此时此刻，只剩下了这位名叫甘陀利的身体虚弱兼有腿疾的留守者。真不知道他为什么要住在这个上下不便的洞室里，哪怕不住帐篷，也有的是更宽敞方便的洞室，或许这是他们的苦修教义吧。甘陀利并不难打交道，我们三个坐在洞口宽敞处交谈了近一小时，我听闻了章复诚和小望的到访经过，但却并没能解开任何疑惑。

东摩派本代只有十三人，长年在这里避世修持。近年来虽然修通了扎墨公路，但就我们一路所见，路上连自驾者都十分稀少，正常游客绝不会注意到通往隐修地的秘径。近一个月来，居然两度有外人造访隐修地，真是极稀罕的事情，让甘陀利印象深刻。

相较来说，章复诚在隐修地待的时间比较短，他声称自己得了离魂症，经嘎龙寺的介绍找到这里。至于为什么东摩派能治疗离魂症，以甘陀利的说法，东摩教义偏向寻找"我"，找到"自我""真我"是日常的重要修持，也有代代传下的寻找"我"的经文秘诀。所谓离魂，就是"我"跑走了，把"我"寻回来，自然也就回魂了。话虽如此，其实东摩教派并没有这项"业务"，起码甘陀利入教二十多年来，只见过寥寥几位求助者，之前那些到底有没有复原，也说不太清楚。以甘陀利看来，章复诚此人满身世俗气，与佛无缘，不过既然求上门来，曲巴益赞活佛还是为他摩顶诵经，助他重寻"自我"。

我听到这里，终于忍不住问甘陀利，那寻找自我的经文，是否就是我入洞前甘陀利念的，他说不全是，日常修持念诵的内容，和助人回魂时念的有交叉，但不完全重叠。甘陀利说我如果想知道，可以给我念全套，我记着图昆活佛的告诫，连忙说不用。

很明显，章复诚并没有告诉曲巴益赞活佛，他是在绥阳回魂洞内"离魂"的。这不禁让我怀疑，他是否知道了县志内的"三不治"记载。当然更有可能的是，回魂洞发生的事情让他觉得羞耻，不想多提，就把寻访到此的原因都假托在指路的嘎龙寺僧人身上了，彼此相处过几百年，嘎龙寺当然清楚东摩派教义特点。

章复诚很多话不说明白，自然给了甘陀利不佳的印象。章复诚在曲巴益赞活佛修持的洞室里只待了半个小时，相比之下，小望待了将近三小时。小望离开之后，曲巴益赞活佛在洞中入定整夜，第二天出洞向全教派宣布，圣地重现，东摩一系将择日前往圣地修行。隐修地是否放弃还未有定论，甘陀利暂时留守，以后轮替修行。

回魂洞内那富有韵律感的奇异声响，自然就是东摩派僧众在某处的诵经声，他们竟没有选择圣地旧址，另寻了修行处，可要是修行处那么好找，之前几百年间东摩教派屡次返洞，怎么就没重新找一个呢？标准是什么？和洞内那一道新裂缝有关系吗？裂缝这头是旧圣地，那头是新圣地？这些问题可能得曲巴益赞活佛自己回答，只是回魂洞内孔窍多如繁星，想要循声溯源，那可不太容易。

因为小望的到访，曲巴益赞活佛得以知道章复诚离魂的前因后果。小望是来调查章复诚脱靶原因的，当然不会帮他隐瞒，谈了这么久，肯定前因后果都说齐了。小望提了一个要求，希望曲巴益赞活佛可以复现当时给章复诚做的回魂法事，显然他判断这可能是章复诚脱靶的关键原因，曲巴益赞活佛受惠于他，当然满足了这个要求。

一个回魂仪式，怎么就能让人"离魂"了呢？回魂这事本来就不科学，回魂不成反更离魂，愈加不科学了。

此行来东摩隐修地，我是憋了一股子劲儿的，甚至可以说有着冒大风险的觉悟，只为找出友人死亡的真相，此时一拳打空，心里空落落地难受，就像一本小说写到最后一章，本应迎来一场大高潮，结果却草草收场，让人大骂烂尾，但人生终究不是写小说，至关重要的一点，是自己得活着。想要调查彻底，必然得知道回魂法事的具体细节，就像小望当时做的那样，但我已经知道了小望的结果,且又有图昆活佛的警告,还是不行贸然之举的好。旁边的Miranda同样没有问,在这方面我们很有默契。

走出隐修地的时候,Miranda问我:"接下来是等那位图昆活佛?"

我点头。

"如果从他那里没能得到答案呢?去回魂洞里找曲巴益赞活佛吗?"

"问题不在于找曲巴益赞活佛,症结多半就是回魂仪式,或者是仪式上念的咒语经文,这事甘陀利就知道。如果没有其他线索了,你会选择回来找甘陀利了解仪式细节吗?"

Miranda没有马上回答,直到我们上车,发动,重新向隧道驶去。

"我会去了解的。"Miranda说,"否则我无法面对自己一直以来接受的教育和训练。"

我生出钦佩之意。

"但是我会要求尽可能多的人同时在场。"Miranda接着说。

我一愣,随后明白了她的意思。

"出问题的人越多,解决问题的力量就越大,获救的可能性也越高。"我说。

"如果其他人都不敢,那我也没必要非让自己冒险,对吧?而且真出了问题,可供研究的样本数量越多,研究进度就越快。"

这是我没料到的角度,却是绝妙的科学工作者的态度和方案。

"到那个时候,我也会参加的。"我说。

隧道没有来时漫长,因为我已知道会开多久。回到山南,手机信号恢复的下一刻,我就收到了一堆微信和好几通未接电话,大多数是梁应物的。我回拨过去。

"你还没去吧?"他劈头就问。

"去了。"

"你……没事吧?"梁应物明显担忧起来。

"应该没事吧。"

"不不不,你碰到的这个事情,我们内部有一个猜测方向,如果出事,你现在未必能察觉到。你就待在波密,我马上来,在那之前你不要失去意识。"

"什么叫不要失去意识?我有可能会失去意识?"

"我是说,不要睡觉。"

尾声

我睡觉了。

没事,我自己这样觉得。

没什么变化。

我和梁应物在电话里说了,我没有参加仪式,没有听什么经文咒语,不过听起来他还不是很放心。

现在我要记录的是一段谈话,一场聊天,发生在波密多东本寺的一间静室内,时间是我从东摩隐修地返回的次日晚间,参与者除我之外,还有Miranda、梁应物及图昆活佛。我以此作为这本那多手记的结尾,可能有些潦草,但我只想要快快了结,人间那么精彩,我干什么要在这上面花许多工夫?

寒暄之类无聊的前序就略过了,我从梁应物切入正题的话开始说。

洞察者是X机构的外围合作组织,和特事局的合作,也是经由X机构牵线才达成的,所以此次前所未有的脱靶事件,也同步给了X机构。X机构如今已经是庞然大物,一个个研究员或者研究小组,是构成庞然大物的细胞,自有对应的细胞负责此事的研究调查。多年前的梁应物也曾经是这样的细胞，如今他身为中枢一员，精力更多放在研究方向和资源调配上。他收到我邮件后立即调阅了机构内对应研究员的报告，发现他们提出了一个大胆而可怕的设想。

"人类的思考总是受到个体智力、性格、生长环境等的影响，有很大局限性。这些年，我们越来越多地借助AI来辅助思考，打开新思路。这个设想，最初就是由那位研究员自研的AI提出的。"梁应物说。

"快说具体的吧。"梁应物的地位威望于我没有用处，我只管催促他。

"还是要先把前提条件说清楚的。那个AI只负责提出设想，不负责验证，所以提了一大堆的设想出来。很多的设想正常研究员可能直接在潜意识里就过滤掉了，实在是非常地离谱。其中有一个离谱设想，就是不是一个人。"

"什么不是一个人？"我没有听懂。

"就是说，这种找不出原因的行为变化，甚至是思考模式、爱好的剧烈变化，是因为那根本就不是同一个人。为什么这两个案例，当事人到最后的阶段，拼了命地不肯睡觉、不肯失去意识，他们到底在怕什么？人最珍贵的是什么？是生命！人最害怕的是什么？最怕死！我们之所以会歌颂爱、歌颂自由、歌颂理想，是因为这些东西在特定条件下会凌驾于生死之上，才尤为可贵，但是不要忘记,这也证明了在更广泛的情况下,生死才是最重要的事。我们都困扰于为什么叶望和章复诚拼了命都不肯睡觉,不睡觉会死,是什么让他们连死都不怕了?但如果我们假设,他们害怕的就是死本身呢?如果他们知道自己一旦睡觉,就会没命呢?"

"可是他们有命啊,他们会醒过来的啊!"

"如果醒过来的是另一个人呢?或者说,是另一个灵魂?你想一想,这个假设可以解释所有现象。"

如果醒过来是另一个人,那就等于昨日之我已经死了。作为昨日之我,当然要想尽办法留存自身,这个办法,就是让"昨日"延续下去,只要不睡觉,明日就永远不会到来。正常人绝不会做出这样的猜想,这个概念近似于肉体存续,而灵魂做了替换,提出这样毫无依据的空想,简直有违基本科学素养。也唯有只负责想不负责验证的AI才会穷举出这么个设定吧,这还得是个学习了很多民间神话概念的AI,但如果你接受了这个设定,就会如梁应物所说的那样,发现一切都可以解释了。而一个能解释一切的假设,就不只是假设了。即便在科学领域,如果你提出一个可以解决所有问题的假想,那么不管它看起来多么荒谬,都值得郑重对待。事实上,二十世纪以来,在最前沿的基础学科,尤其是物理学领域,许多重大成果都是这么取得的,波粒二相、量子迁跃乃至暗物质和宇宙大爆炸起源说,不都是如此吗?

"但是他们是怎么知道只要睡觉,醒来就不再是自己的?谁告诉他们的?"Miranda问。

"他们自己。"我回答了这个问题,"如果他们不是前一日的自己了,如果这样的事情反复发生了多次,那么总有某个早晨,他们醒来时会明白这点。"

"这听起来像夺舍。简直是《聊斋》里的故事。"Miranda很难接受。

"我再举一些你应该知道的例子。"梁应物对Miranda说。

"这些年你们的样本数越来越多,脱靶者的绝对数量也越来越多。有一些脱靶案例看起来找到了原因,被解决了,但其实并不能用通行的科学理论来解释。我知道有两例觉醒了前世记忆的,对吧?前世轮回是宗教里的概念,纳入科学体系里该怎么认知?有人研究这个,还远没有定论,但在你们体系里,直接把前世记忆作为重大变量,重新修正了那两个案例的行为系数,就算他们又归靶了。"

"啊,好像有听说过,原来是真的吗?"Miranda瞪大了眼睛,"不好意思,因为我原本的职务不是解决者。"

"那么多重人格的精神分裂者,这样的案例你知道吧?"

"这我知道,当人格切换时,行为曲线会大幅度变轨。"

"现在我们叫多重人格,从前不就叫鬼上身吗,和夺舍不是很像吗?就和前世记忆一样,肉体不变,精神世界忽然多了点东西,或者彻底切换了精神世界。当事人保有过去记忆,但是行为模式完全不一样了。"

"就是说,章复诚和叶望在睡觉的时候,精神领域会受到袭击,他们的灵魂会被替换掉,醒来时其实变成了拥有原肉体记忆的另一个人?"Miranda犹自不能相信。

"这是一个假想。"梁应物说。

我却摇摇头。

"我不同意,不会是受到袭击。先不说这事可不可能,我就假定这样的精神袭击是可能发生的,但袭击有目的性,往往也是一次性的,哪有只要一睡觉就必然受袭击的呢?旧的袭击者得手了,还有新的袭击者在下一个梦境中出现?新的得手了还有更新的,乃至永无止境吗?再者说,小望和章复诚到最后都明显知道一睡觉会出问题,如果这个问题是被袭击,为什么不寻求抵抗的方式呢?哪怕觉得科学手段不顶用,也不见他们求神拜佛啊?这说明他们认为睡梦中会遭遇的事情是不可抵抗的,我很难相信那会是一场袭击。"

我把目光投向一直没有说话的图昆活佛。

"图昆活佛,你的意见是?"

图昆活佛笑笑,却说起了另一个看似无关的话题。

"你们知道记忆上载吗?"

"我知道,这是脑机领域的概念,记忆下载和记忆上载,是未来该领域的发展方向。"我答。

"如果有一天所有的记忆都上载了,你觉得这算永生吗?"

我断然摇头:"那怎么可能?记忆和人的自我意识是两回事,否则记忆上载了,不就变成在云端服务器里多出一个'我'吗?如果记忆下载到很多个容器里,难道还有很多个'我'吗?"

图昆活佛点头:"对,哪怕有另一个外观一模一样的人复制了你的记忆,哪怕别人分辨不出哪一个才是真正的你,但对你而言,自我永远只有一个。复制出来的那个会不会生出新灵魂,是另一回事了。可是,你怎么保证你是你呢?"

我哑然失笑:"这是要探讨哲学问题吗?"

"不,我的意思是,如果我们都认同,一个拥有你全部记忆的客体,并不等于你,那么在现实生活中,其实我们每一个人每一天都需要面对类似的问题,只不过绝大多数人不会意识到。我换一个角度问你,如果有一个被移植了你所有记忆的客体,他有着和你一模一样的肉身,那么当他第一次醒来时,他会觉得自己就是你吗?"

"大概……会吧。"我迟疑着回答。

当我这样回答的时候,突然过电一样全身汗毛都竖了起来,仿佛我的直觉先一步感受到了某种恐怖。

与此同时,梁应物脱口说道:"你说我们每一天醒来……"

"对,当我们每天醒来时,如何保证自己是前一天的自己呢?或者当我们午睡之后,当我们经过一次全麻后醒过来,如何确认自我呢？其实我们没办法确认，因为我们的自我意识中断了。除非自我意识永远在线，否则逻辑上我们无法确认自己是自己。"

我只觉得喉头艰涩，一时间说不出话来，看看梁应物和Miranda，他们也都是同样震惊的神情。

图昆活佛继续说下去："所以反过来设想一下，如果自己不是自己了呢，我们能证伪吗？每天有一个新的灵魂入住，把老的灵魂替换出去。用鸡汤话来说，每天都是一个全新的自己。"

"活佛你还蛮紧跟潮流的。"我调侃了一句，却发现自己的嗓音是哑的。

"我想到一个佐证，人晚上睡前想的事情，第二天醒来往往会推翻。所有的条件都没有变化，区别只不过是睡了一觉。"Miranda这么说的时候，脸上有掩饰不住的惶然。

"不，这个证据，这个证据太单薄了，远远不足以下判断。毕竟我们每天的主体行为逻辑是一致的，你们的洞察者计划里，不明原因的脱靶者只是少数。"我说。

没想到Miranda竟然摇头说："不，如果我们每一个人每一次意识重启，都有一个新自我不自知地继承了记忆，那么哪怕行为和前一天有所差别，这种差别也构成了统一的大基底，我们会认为这种程度的差别是理所当然的，是合理范围内的行为模式变动，所以不会作为额外因素在曲线上反映出来，当然更不会被当成脱靶。"

"这种事情,无法证实,也无法证伪,所以根本不需要……"我本想说没必要多讨论,然而卡了壳,我意识到,由于章复诚和小望的遭遇,此刻我不得不面对这个问题,无从逃避。

我苦笑一声,说:"活佛,看来你是有一个答案的,对吗?"

"佛教上当然有答案,但是你们今天不是来听教义的,所以算不上答案,我提一个供大家参考的思路。自我这个东西,一直是哲学和宗教绕不开的命题,拿佛教来说,你们更熟悉的禅宗公案里头,南宗慧能和北宗神秀的那两首偈诗,也可以从'自我'这个角度去理解。"

图昆随即念了那两首诗。

神秀的诗为"身是菩提树,心如明镜台,时时勤拂拭,莫使染尘埃",慧能的诗为"菩提本非树,明镜亦无台,本来无一物,何处染尘埃"。

"从自我的角度来说,神秀说'有我',慧能说'无我',看似截然相反,其实一体两面。有我很好理解,而无我,说的是自我这个东西其实居易不定,一念息一念起,可以有天堂地狱之分,追根溯源皆是虚妄。这么说的话依然在宗教哲学层面,但是这次的事件,其实在现实层面给出了一个相呼应的解释,那就是人这具肉身,其实每天都换主人,我们以为还是我,其实只不过是继承了原本记忆的错觉,已然非我。"

我此时终于镇定下来。世界还是那个世界,一切都没有变化,只不过对世界和自我有了新的探讨而已。这种探讨进行还是不进行,都不会改变事实。

"每天都换吗?"我问。

"有两种可能。一种可能,并非每次失去意识都会更替自我,肉身如篱笼,灵魂居其中不得出,但若篱笼被打破,则居者进出自由。另一种可能,肉身每天都换主人,但不点破则不自知,一经点破,就如当头棒喝,自我觉醒,则知今日之我非昨日,而明日之我也非今日。"

"这么说来,就好像有许多的外邪环伺周围,一有空隙,就会取而代之?"

"不是外邪,那都是'我'。佛家说有无量之我,但修行要义,须求得本性真如,即无量我中不变之我,这就是神秀的诗和慧能的诗一体两面之处。你可以理解为本我化身千万,每一个化身都不是我,但又都代表了我。另外,也不是彼我夺取此我的肉身,更像是梦幻泡影,一泡息一泡生,乃是自然而然的事情。"

图昆活佛侃侃而谈,显然这些东西,他早已经反复思索过了。

"东摩派修持的要义我略知一二,就围绕在一个'我'字上,他们修行有两大关口,可以说恰好对应了慧能与神秀的两面。第一关是要明了无我,这需要顿悟的大智慧,非上上等根器者不能得,只这一关就挡住了绝大多数人。明了无我之后,得一颗破妄之心,借此从诸多妄我中寻求真我,这是一个渐悟的过程，每舍弃一个妄我，就会收获一份功行，离真我便更近一步。开创此法门的是一位觉了宿慧的大能为者，但法门要求太高，照常理来说，传不了几代，然而后人竟然寻得了回魂洞这一处修行圣地，只能说是宿慧者的超凡洞见了。以东摩派的法门，在回魂洞中修行极速，据传入洞修行者都能勘破第一关，简直让人难以想象。"

"章复诚和小望的情形，是不是就算是勘破了第一关？"我问。

"他们那是妄我无限膨胀，但也没错，以东摩法门来说，只有觉悟了无我，才能知己之妄啊。回魂洞这个地方，如果让我用所谓科学的视角来说。"

图昆活佛说到这里顿了顿，冲梁应物露出个抱歉的笑容，因为他终究是一位密宗活佛，在他看来，科学发展至今仍远不能解释宇宙之神奇，而佛教对世界的解释，则要更先进，更直指根本。就如我对于中医的推演，他对于佛教的来源，一定也有类似的认知吧。

"磁场也好，引力场也好，射线也好，暗物质也好，或者是其他什么科学上还没有名目的东西，总之回魂洞里一定有某种很特别的东西，它可以打破人的篱笼，击穿内外之固，混沌形神之别，东摩派借之修行，但普通人贸然承受，就容易魂思不属，进退失据了。"

"但是进回魂洞的那么多人，怎么就只有章复诚和叶望两个出问题呢?"Miranda不解地问道。

"从空间上说,整个回魂洞里肯定也只有少数地方是特别的。具体到章复诚,我怀疑他是在洞中受到了超乎寻常的强冲击,很可能与地震有关系,洞中的不明之物在那一刻被放大了功效,但如果他不是和叶望一样,被曲巴益赞上师点破的话,或许浑浑噩噩一阵子,也就复原了。"

"点破?"

"我想曲巴益赞上师一定为他们诵持了东摩的特殊法门,那法门是助你认清楚'我'的。如果不能先悟到'无我',破了第一关,那么这个法门反倒容易让人深陷我执,可一旦明了'无我',那么凭此法门,就尽可以从妄我中收获修行了。"

"我明白了!"我脱口喊了一声。

"怪不得当年东摩派对于离魂症有三不治,症起于洞中者不治!如果是普通的离魂症状,那么用东摩的法门来寻回自我,就算不起效至少也不会有副作用,但如果是因为回魂洞中的特殊力量而起症,那东西本来就让每天的'我'的变动加强,一旦再去强化今我的认知,就容易……怎么说呢,顿悟,对吧?顿悟到每一天的自我都是不一样的,所以他们最后都变得不敢睡觉,就是不愿意舍弃今我,而且他们也没有佛家这一整套关于'我'的概念,他们不明白什么旧我今我妄我的,他们就觉得一旦睡觉,再醒来时我就不是我了,是另一个人了,那另一个人的生命和我一点关系也没有,而我能活多久,就看我能多久不失去意识,多久不睡觉!"

我终于明白了小望最后对我说的那句话是什么意思,他说我们只是一直假装是我们。因为他知道每一天的我都是新的我!

图昆活佛微微一笑,说:"认知、接受、修行。如果叶望和章复诚能明白妄我和真我之别,也不至于走到那一步。"

我苦笑说:"所以如果我真出了问题,您就会来接引我入教修持佛法了对吧?彼之砒霜,我之蜜糖,对佛教徒来说,这反倒是机缘了。"

谈话至此结束。其实还有很多未解之事,比如曲巴益赞活佛为什么会把仪式法门演示给小望看。除非小望没有说自己也去过回魂洞,否则会发生什么,活佛应该有所预见才对。或许曲巴益赞觉得东摩派人数太少,特意给出一个"机缘",想让小望入佛门?

Miranda那天结束时仍然面有忧色,我知道她在担心什么,她怕自己也出同样的问题。她和我都进过回魂洞,都到过章复诚晕倒的洞室,不管章复诚受到怎样特殊的冲击,我们两个的待遇肯定和小望是一样的。这两天我自己也多少有点神思不属,本以为那是出于即将前往东摩隐修地而生出的恐惧,但或许已经受到了回魂洞的某种影响吧。我们和小望的区别在于,我们没有经历过东摩派的仪式,没有听过秘传法门。但经历了与梁应物和图昆活佛的一席谈,我们也都算被"点"了,知道了今我非昨我,明我非今我。不过呢,知和道不同,知道和切身体会也是两回事,慧能写出了传世的"本来无一物,何处染尘埃",千百年来又有几个人能读完诗就破了我执的迷障呢?我是没有那么好的根器,我看Miranda也没有,不必徒增烦扰。

东摩派修行要过两关,小望和章复诚走到最后那一步,也经历了两个阶段。第一个阶段是回魂洞,在那儿,他们打开了身体里的"一扇门"。第二个阶段是在东摩隐修地,曲巴益赞活佛给他们点了一根火把,让他们看清了门后是什么东西。

那门后到底是什么呢?

对图昆活佛所说,我持保留态度。那是一个理想化的推测,昨天今天明天都是我,只不过是不同的我,我们有不同的倾向,甚至有不同的喜好,但那都是我。谁说一定是这样?基于现实情况的推测,梁应物那个才更合理。

我回望过去,昨天、前天、大前天……四十年来每一天的我切割出头尾相连的片段,拉成一条长影,如胶卷般铺展延伸开去,胶卷上每一个我齐齐露出了莫测的笑容。世间每一个人都是这样无尽延伸却又切片黏合的胶卷,他们纵横交织成一个我从没见过的世界。

我使劲摇了摇头,驱散这幻象,我想是因为太长时间没睡觉的原因吧。

我摸出手机,给Miranda发了条微信。

随便打听个事情,帮我看看最近我的曲线情况?

几乎是立刻,窗口就跳出一行字。

对方已注销微信账号,消息无法送达。

图书在版编目（CIP）数据

命运脱靶人 / 那多著. -- 上海：上海文艺出版社，
2025. -- ISBN 978-7-5321-9261-8
Ⅰ. I247.5
中国国家版本馆CIP数据核字第20254RU828号

策　　划：李伟长
责任编辑：解文佳
装帧设计：UNLOOK

书　　名：命运脱靶人
作　　者：那多
出　　版：上海世纪出版集团　上海文艺出版社
地　　址：上海市闵行区号景路159弄A座2楼 201101
发　　行：上海文艺出版社发行中心
　　　　　上海市闵行区号景路159弄A座2楼206室 201101 www.ewen.co
印　　刷：浙江天地海印刷有限公司
开　　本：1194×889 1/32
印　　张：7.25
插　　页：2
字　　数：132,000
印　　次：2025年7月第1版 2025年7月第1次印刷
ＩＳＢＮ：978-7-5321-9261-8/I.7264
定　　价：49.00元

告　读　者：如发现本书有质量问题请与印刷厂质量科联系　T:0573-85509555